KB121708

해는 내일도 다시 뜬다

효암曉岩 김영태金永泰 시집

어문학사

차례

훌륭하신 선생님

인연이 있어서 피천득 선생님을 뵈었습니다.
대학에 진학할 때였지요.
선생님께서 영문학 강의를 하셨지요.
우리는 그분의 카랑카랑한 목소리에 매혹되었지요.

신이 나서 일부러 선생님 반에 들어갔지요.
잔잔한 심부름을 해 드렸어요.
댁으로 찾아뵐 때엔, 서영이가 꾀꼬리처럼
"아빠, 영태 학생 왔어요" 알렸습니다.

조교로 남으라는 분부를 받들지 못한 저를
서울의 중고등학교에 추천하셨죠.
즐거운 저의 결혼식 축사에서 강조하셨죠
신랑은 절대로 신부를 배반하지 않는다고.

소설이나 시를 쓰라고 하셨는데,
오래도록 쓰지 못한 것이 한이 됩니다.

고 금아 피천득 교수님

꿈의 화신

어릴 때 나의 꿈은
시인이 되고 외교관이 되며, 창조인이 되는 것이었는데,
어른이 되도록 하나도 못 이루고,
겨우 기업인이 되었다.

수술로 네 번이나 죽다가
의식을 되찾았다.
고맙게도 하느님께서 나타나셔서
큰일을 해낼 꿈을 이루라 하셨다.

병을 치료하고 고관절을 교체하면서
날마다 세 번씩 하느님께 기도했다.
하느님께서 축복하며 울리시는 차임벨 소리로
뼈 아픈 나의 건강을 지켜보려고.

민들레처럼 높이 날으리라. 사방으로 흩어져.
시시포스처럼, 산 위로 바위를 굴리리라.
난데없이 생기는 괴로움과 고통을 참고
바닥까지 돌을 굴리다가 그치리라.

희망찬 이 땅에 벌과 나비가 몰려와.

꿀이 있는 곳을 귀띔해 주리라.

오 주여, 우리를 전심전력으로 일하게 하소서.

신나고 즐거워해 가면서 결실의 한 해가 되도록.

우정

어릴 때부터, 착한 친구들이 있어서
동네 골목에서 함께 구슬 따기나
줄넘기를 신나게 하면서도
지칠 줄을 몰랐다.

청년 시절에 경영, 음악, 문학, 미술을
배우노라 전심전력했었다.
중요한 자리에 있는 친구보다 내가 더 잘하고.
빨리 해내니 기뻐서 어쩔 줄 몰랐다.

어른이 되어 같은 조직에서 일하면서
친구들과 기회가 있을 때마다 경쟁하게 되었다.
번영을 위한 목표를 달성하려고 전력을 다하다 보니
돈도 벌고 승진하면서 건강하게 성장했다.

많은 친구들이 육체적, 정신적 쇠약으로
질투, 이기심, 탐욕, 오만 속에 병이 들어서
이승을 하직하고 사라졌다. 그래도 몇몇 친구가
황무지에 있는 나의 어려움에 구원의 손길을 내밀었다.

관중(管仲)을 제(濟)나라에 천거한 포숙아(鮑叔牙)처럼
큰 부담을 주지 않는 최고의 친구들이
언제나 내 곁에 있으면서 정성을 다해 주었다.
보상을 받을 생각도 하지 않고.

늙어 가면서 우리는 마지막에 깨닫지.
최고의 친구의 가치와 좋은 점을.
나이, 성별, 인종, 고향과 문화의
격차를 극복하고 장점을 본뜨면서.

꾸준히 우리는 소식을 전해야 한다.
최상의 멋진 낱말을 골라 전하면서.
여러 곳에 살면서도 우정을 지키려고.
만나지 못하면 인터넷이나 스마트폰을 써서라도.

세상의 많은 친구들의 도움으로
글을 다듬으면서 최고의 행복을 느낀다.
친구들아, 고맙다. 잘 하라고 하면서 보낸.
공들인 말마디에 그 열정을 어찌 잊으리.

에우리피데스는 말했다. "진정한 친구는 만 명의 일가친척과
맞먹는다. 행복할 때보다 골치 아플 때 사랑을 주는 친구가."
헬렌 켈러 또한 빛나는 말을 했다. "어둠 속에 친구와 함께
걷는 것이 혼자 밝은 곳에서 걷는 것보다 낫다"고.

최고의 친구와 아늑한 향기를 함께 즐기지.
방 안 가득 스미는 잔디와 난초의 향기처럼.
일방적으로 욕심 부려 강요하지 않고,
흔쾌히 꿈과 지혜를 나누고 위로하면서.

혈연, 지연, 학연, 직장으로 예사로이 엮인
사람들이 차차 최고의 친구로 변하여
그 속에 사업 동지나 정치적 동지도 생겨서.
평생을 함께 일하게 되지.

임진왜란의 유성룡(柳成龍)과 이순신(李舜臣)이 그런 동지라면
또 하나가 삼국지 촉한(蜀漢)의 도원결의(桃園結義)이다.
모두 정성껏 힘을 합하여 조국을 구출했다.
그래서 절개의 상징으로 대대손손 숭앙을 받는다.

최고의 친구

절친한 친구들을 생각하면 심장이 뜁니다.
잘될 때나 안될 때나 항상 내 곁에 있어
보답도 못 하는데, 자주 충고와 비평을 하며
내가 죽자하고 일한 성과를 반겨줍니다.

다행히 어릴 때부터 내 주위에 좋은 친구가
여럿입니다. 비교적 오래 사귄 동창생과
성인이 되어 반세기를 함께 일한 엘지 그룹 동료,
사회에 공헌한 정보 산업계 동지들.

뜻을 모아 가치를 창조한 일이 가장 멋있습니다.
인터넷이나 스마트폰으로 정보를 나누고,
창의적 해법을 찾아 지혜를 함께 누리면서,
서로 믿고 일하게 되니 자기 집처럼 편했습니다.

생사를 불문하고 이 세상의 많은 친구들과
꽉 막힌 장벽을 넘어 소통하니 나는 행복합니다.
가장 좋은 친구에게 영상 전화 같은 이동 통신기를
써 보라고 권할 때 신이 납니다.

클래식 500이라는 복지 시설에 살면서
날마다 시와 행복에 대하여 지혜롭게
얘기를 나눌 친구들을 만나니 즐겁습니다.
하루하루 어른이 된 기분을 만끽할 수 있으니 다행입니다.

바티칸 교황청에서 50명의 조수와 함께 작업한 라파엘같이
나도 최고의 친구들과 함께 아름다운 그림을 그리리라.
노벨상을 타낸 얘기 꾼 시엔키에비치처럼
나의 "쿠오바디스"를 쓰리라. 젊은이들이 알아듣도록.

이름

내 호적 이름은 김영태다.
영원하고 위대한 금이라는 뜻인데,
외국인이 정확하게 발음하지 못하여,
편히 부르게 “Y. T. Kim”을 쓰기로 했다.

어떤 모임의 개회사에서
나는 “Y. T. Kim”이라고 자신을 소개했다.
그러고 나서 익살맞게 한마디 했다.
과학소설의 우주 괴물 E. T.가 아니라고.

이 인사말이 긴장된 분위기를 확 바꾸어 놓았다.
참석자들 모두가 내 말에 폭소를 터뜨렸다.
그 바람에 눈부시고 머리가 도는 주제도
쉽고 편안하게 방긋 웃으며 논의할 수 있었다.

내가 서른이 되었을 때 외종조부께서
아호(雅號)로 효암(孝岩)이라 지어 주셨다.
부모에 효도하는 바위가 되라는 뜻이었다.
이 호를 효암(曉岩)으로 바꾸어 쓰기로 했다.

1975년 여름에 박목월(朴木月) 시인이 찾아오셨다.
나를 두고 색지(色紙)에 글을 써서 주셨다.
"치렁치렁한 성좌(星座) 아래서,
새벽 반석(磐石)에 앉아 생각한다."고.

그분의 도움으로 락희화학의 기업이미지 디자인을
완성했다. 상표, 사색(社色), 사규를 다듬고
사훈(社訓)과 사가를 제정했다.
회사의 성장과 번영을 도모하면서.

큰 이익을 가져올 혁신방안을 열성적으로
찾으면서 우리는 환호 속에 도전을 했다.
회사의 이름마저 "럭키"로 바꾸기로 했다.
미래를 창조할 우리의 꿈을 실현하려고.

2016년 가을

푸른 하늘이 맑고 환하다.
구름 한 점 없이 생각만 무성한데,
조선의 고요한 아침 나라에
주님의 슬하라 평화가 바로 깃든다.

시뻘건 단풍과 노란 국화가
오색으로 물든 가을의 낙엽 속에 피고 있다.
풍성한 수확을 축복하면서,
사람들이 산천에 모여든다.

향긋한 사과와 배를 가꾸면서
쌀 농사 풍년으로 이삭이 고개를 숙이는데,
갑자기 닥쳐올 태풍이나 지진을 피해
이삭을 거두는 농부의 손길이 바쁘다.

한국의 아름다운 가을을 노래하려는
붓이 재난을 만나 빗나가고 만다.
고요한 아침의 평화로운 나라에
훼방꾼처럼 갑자기 재난이 들이닥쳤다.

성공의 비결 열한 가지

다들 성공하고 싶은가?
자기가 선택한 분야에서?
사람들이 좋아할 모든 일에서
성공할 수 있는 비결이 있다.

다 함께 추구할 꿈과 목표를 수립하고,
고속 성장 분야에서 꽃필 기술을 익힌
평생을 함께 일할 열정적 동지를 모은 뒤,
잘 짜인 네트워크와 시스템으로 함께 일하자.

혁신활동을 추진할 전략을 함께 세우자.
모든 이의 지혜와 지식을 동원해서,
명랑한 인간과 영리한 로봇을
웃으면서 빛의 속도로 일하도록 묶는다.

태양계처럼 빈틈없이 움직이게 하자.
행성들이 태양 주위를 돌듯이.
원자에서도 전자가 핵 주위를 도는데,
헤라클레스가 조정하는 규칙과 공식대로.

11가지 ㄲ 시리즈

꿈을 만들자,

꾼들을 모으자.

끼를 부리게.

끈으로 묶자.

꾀를 모아

깡을 부리며

꽃을 가꾸고

꿀을 만들자.

끝마감을 잘 하면서

끈기 있게 추진하면

꼴이 아름다워지리라.

행복

"행복한가?" 황새가 물으면,
"그런 것 같지 않아."하고 사람이 답한다.
"멋진 사내여, 누가 행복한지 아는가?"
하얀 새가 고개를 들고 묻는다.

"부자라면 행복하겠지? 그러나,
걱정이 많고, 골칫거리가 많겠지."
"부자가 될수록 힘이 들겠지.
부자는 편히 쉴 수가 없을 걸."

"그럼, 위대한 정치가는 어떨까?"
황새는 머리를 저었다.
정치가는 부패와 배반으로
불행해질 것이 확실하다면서.

"지식의 상아탑에 사는 학자는 어떨까?"
사나이는 생각 없이 들먹여 본다.
"아니, 행복하지 않아. 보통 사회에서는
행복할 수 없지. 제멋에 겨워 외롭기 한이 없어."

“함께 행복한 사람을 찾아보자.” 사나이의 절규였다.

황새 등에 올라 사나이는 하늘로 날았다.

행복과 행복한 사람을 찾아서

하늘 높이 날으며 온 세상을 뒤진다.

어느 날 밤, 어떤 농가를 기웃거렸다.

평범하면서도 안락해 보인.

집 안에 한 가족이 건강하고 즐겁게 지내면서

주님께 편안함을 기원하고 있었다. 행복하게.

사랑

다정한 사랑
영원한 사랑
눈물의 씨앗인 사랑
에로스(戀情)로 변하기 쉬운 사랑.

큐피드가 쏜 금화살에 맞아
아폴로는 다프네와 속삭이러 달려드는데
큐피드의 은화살에 맞은
다프네는 도망치다가 월계수가 되었다.

감정은 호감에서 시작되어
우정으로 깊어지는데
큐피드의 은화살은 맞은 이가
한사코 싫어하고 미워하게 만든다.

사랑은 진실해야 된다.
일본인들은 진정한 사랑을 메데루(愛でる)라 하고
중국인은 아이(愛)로 감정을 달랜다.
라틴어로는 낭만적인 사랑을 아모르(Amor)라고 하지.

유식한 사람들은 아가페를 찾지.
어떤 보상도 찾지 않는 조건 없는 사랑을.
아가페는 엄마의 희생적 사랑이라.
일방적으로 제공되는 사랑이다.

어떤 사랑이 제일 좋은가?
에로스, 아가페 또는 찾기 힘든 자비심?
지구에 평화와 사랑이 있으면
에덴동산도 되찾을 수 있을 것인데.

칭찬

기가 죽어 고개를 푹 숙이고 있을 때마다
칭찬받으면 벌떡 일어나서 달리게 된다.
칭찬을 받으면 태양처럼 환하게 웃게 된다.
온 얼굴에 눈물이 주룩주룩 흐를 때에도.

공허한 말로 칭찬하지 말라.
예사로운 말로 칭찬하지 말라.
지치지 않고 일하고 있는 우리를 칭찬해라.
끈기 있게 노력하고 있는 우리를 칭찬해라.

모든 것을 다른 사람과 비교하지 말라.
우리가 이룬 작은 업적에 대해 칭찬해라.
다른 사람보다 잘하고 있다고 말하지 말고
가까운 사람들을 도운 일에 대해 칭찬해라.

칭찬하면 짐승도 기뻐서 춤추게 된다.
칭찬하면 고래나 코끼리도 즐겁게 춤추러 온다.
신나서 하늘을 나는 새처럼, 우리도 한가히 노래하리라.
바닷속의 돌고래처럼, 우리도 반갑게 헤엄을 치리라.

멋있는 공장을 짓고, 인류에 보탬을 주는

훌륭한 농장을 지으려 가자.

온 세상이 행복과 환희 속에서

모두 신나게 춤추도록 만들자.

건국대학교의 일감호수

삼월의 따뜻하고 고즈넉한 춘분의 날에
아픈 허리와 다리를 끌고 호숫가를 거닌다.
서로 의지하면서 홍예교(虹蜺橋)를 건넌다.
홍예교는 남녀의 무지개들이 함께 묶인 다리다.

호수에는 생물이 많다, 암수로 짝지어.
수비둘기는 언제나 암컷을 달고 배회한다.
배고픈 수거위가 꽥꽥하고 소리지르는데
암컷들이 거든다. 배고프다고 불평하면서.

봄볕을 반기며 발코니에 개나리가 피었는데
남녀 대학생들이 좋은 머리를 굴리며 수다를 떤다.
호숫가에 잉어들이 검고 붉고 하얗게 모여드는데
늙은 부부가 꼬시려고 먹이를 주고 또 준다.

참새 떼가 아가씨들과 놀려고 날아드는데
왜가리가 둥지에서 호수로 날아온다.
수오리가 짝을 끼고 호수 위를 간다.
한국 동란을 겪은 건국대학의 낙원에 축복이 내린다.

건국대학교 일감호수

연

따뜻하고 포근한 어느 날에 산책을 나왔다.
서울의 한강 가를 뚝섬에서 잠실까지.
자전거를 타거나 유모차가 가는 군중 속으로
황금빛 개나리와 하얀 목련이 만발했는데.

소년들이 하늘 높이 연을 띄우면서 소리를 지른다.
푸른 강에는 수상스키 꾼들이 카이트서핑을 즐긴다.
모두들 하늘 높이 날아 내려다보기를 원한다.
각자 지칠 줄 모를 꿈을 이루려는 욕심으로.

어릴 적에 도쿄의 무사시노에서 무사연(武士鳶)을 띄웠다.
소년 시절에는 친구와 방패 연을 만들었다.
한국식 종이 연에 대나무로 살을 지르고.
어른이 되면 벤자민 프랭클린이 되리라 꿈꾸면서.

신라 때에 커다란 연에 횃불과 종을 달고
김유신(金庾信) 장군이 비담(毗曇)의 무리를 일소했다.
반군이 여왕의 양위를 요구했으나
장군은 저주받을 적의 공격을 격퇴했다.

행복한 오후에 과거를 회상하면서

아름다운 여인과 함께 할 일을 잊고 지냈다.

연시(戀書)를 쓰면서 두 시간을 돌아다니다가

기분이 좋아져서 전철로 귀가했다.

행주산성

동짓달의 어느 상쾌한 날에
식구들과 함께 잘 알려진
임진왜란에서 승리를 거둔
행주산성의 지도자를 찾아갔다.

347,670㎡ 넓이의 기념공원이
서울 동북쪽 산 위에 있었다.
김포 공항에서 차로 십오 분 거리인데,
가는 길에 색색 가지 단풍잎이 흩날렸다.

산성 밑 한식 집에서
푸짐한 식사를 해서
숨이 차고 걷기 힘들게 되어
가을의 산길을 터덕터덕 올라갔다.

손에 손잡고 산성에 오르는데,
산림욕이 좋아 두 번이나 쉬었다.
정상까지 두 번이나 쉬는 우리의 곁을
어린이들이 즐겁게 소리치며 지나갔다.

산성 정수리에 높다란 전승탑이 서 있다.
권율(權慄) 장군과 2,300명의 조선군사가
만에서 삼만이나 된다는 왜군을
무참히 무찌르고 승전고를 울린 곳.

행주산성 전투는 1592년에서 1598년까지
왜가 중국 본토에 가는 길을 열려고
일으킨 전쟁에서 막다가 어렵게 거둔
삼대 승전의 하나라고 전해온다.

벽제관(碧蹄館)에서 패한 왜군은
조중(朝中) 연합군에 대항하기 위해서
행주산성을 빨리 확보해야 했다.
조선의 민병대와 승병이 저항하는 가운데.

1593년 2월 2일, 왜의 장수 우키타 히데이에(宇喜多秀家)가
만 명의 병력을 셋으로 나누어
산성을 세 번이나 공격했다. 방어진을 격파하기
위해 아홉 번이나 돌격을 시도했다.

조선인들은 아낙네가 앞치마로 날라 준 돌덩이를
나무 둥지와 함께 필사적으로 엄습해 오는 적군에 퍼부었다.
화살, 총, 진천뢰(震天雷), 화차전(火車箭)을 쏜 뒤에
적군의 머리 위에 활활 타오르는 기름을 퍼부었다.

권율 원수가 북돋우어 준 하늘을 찌르는 사기에
병졸, 민병, 승려와 여인까지 필사적으로
열 배가 되는 적군을 힘을 합해 물리쳤다.
가파른 절벽과 강물을 이용하며.

떼 지어 오는 적군에 사십 개의 화차(火車)로 활을 쏘아
왜군이 천 명의 부상자와 727개의 무기를 버리고
도망치니, 부상한 우키타 히데이에와 장수들이 겁에 질려
군사를 철수하도록 지시하고 말았다.

행주산성의 기념탑 벽에 부각된
전투 장면을 감상하고,
기념관에서 영사하는 비디오를 즐겼다.
한강 위로 내려다본 전망이 멋있었다.

식당에서

많은 노인들이 한 방에 모인다.

정성껏 마련한 음식을 들려고.

각자 이름이나 이력을 알리지 않고.

팔자 소관처럼 서로 인사하면서.

웃으면서 마주보고 인사를 한다.

각자 원하는 것을 나지막이 속삭인다.

서로 소식을 전하면서.

식당에서 봄 직한 아름다운 장면이다.

매력 있고 아름다우면서도 간편한 옷을 입고,

다정한 담소를 활기 있게 나눈다.

빼어난 일을 해낸 어른을 모시면서

일상의 식사 예법이 바뀐다.

봄에는 진달래가 피고 가을에는

국화가 곳곳에 향기를 풍기는데,

식당은 잊혔던 휴식처를 언제나 제공한다.

황야의 사막 속, 오아시스로 누구나 올 수 있게.

몸이 불편한 분이 건강한 사람들과 식사하려 오신다.

지팡이에 의지하거나 손수레를 밀거나 휠체어를 타고서.

아들이나 딸들이 조심스럽게 드리는

또 한 잔의 뜨거운 커피를 들려고.

얘기를 나누면서

어느 날, 서울에서 세 번, 택시를 탔다. 뽐내면서.
언제나 그랬듯이 기사님 오른편에 탔다.
첫 번째 기사님은 강황(薑黃)을 권했다.
음식에 섞는 인도 카레인데, 밀크셰이크 착색에도 쓴다고.

하루 세 티스푼을 들면 틀림없이 낫게 해 준다고.
복통으로 인한 염증, 관절염, 요통도
당뇨, 암, 알츠하이머병과 많은 열병을.
권하는 말을 알아듣고, 바로 믿고 시음하기 시작했다.

두 번째 기사님은 한국에 대한 관광객의 평가에 대해 말했다.
유럽과는 달라 밤에도 식당에서 음식을 들 수 있고,
특히 서울의 광궤도(廣軌道) 지하철은 시간을 잘 지키고
청결함과 간편함과 무임승차 시스템으로 세계 제일이다.

보편화된 인터넷은 또 하나의 한국의 자랑인데,
유럽보다 몇 배나 빠른 서비스가 여럿이다.
다음으로 무엇이 있는가 물으면서, 나는 감히 팝송,
스포츠에 뛰어난 아름다운 청소년을 들먹였다. 특히 여성들.

세 번째 기사님은 60대인데, 시집간 딸이 넷이나 되어
좋다고 했다. 아내와 함께 막내 아들과 산다고 했다.
기사 생활 그만두면, 옛날의 영광을 기념할 백제의 마지막 수도,
부여(扶餘)의 산기슭에 식물원을 운영하겠다고 열심히 말했다.

인사하기

처음으로 만나거나 가슴 아프게 헤어지면서,
잘 있는가, 잘 있으라는 인사말을 하게 된다.
시선을 맞추거나 몸짓, 키스, 포옹이나 악수를 하면서.
그래도 안 되면, 호의를 강조하려 엎드려 머리를 조아린다.

다정하게 인사해도 오해가 생긴다.
인사하는 법이 불손하고 거만하다고.
돌아가지 않는 고개로 끄덕이거나 절을 해서,
사람들이 인사를 받지 않는다고 비난해 온다.

잘못된 인상을 주지 않으려, 말을 곁들인다.
작은 몸짓이나 철없이 군 행동을 보완하려고.
미소 짓는 것도 조심해야 한다. 낯선 사람이
실없이 비웃는다고 오해하고 따져 들 때가 있지.

한국인은 "안녕하세요"하고 중국인은 "니하오"하지.
일본인은 "곤니치와"하는데
영어의 "굿모닝, 굿 애프터눈"과 같지.
잘 알아듣게 분명하고 크게 발음하는 것이 좋겠다.

악수를 하거나 손등에 입맞추거나 기뻐서 안을 때도
상대를 다치지 않도록 세심하게 보살펴야 한다.
일본의 어느 회장님이 엎드려 절하기에 놀란 나도
쿵쾅 뛰는 가슴을 안고 땅바닥에 엎드린 적이 있었지.

기도

가능한 한 여러 번 주님께 부탁드리는 기도를 올린다.
예식에 어긋나더라도 주님께서 들어주시리라 믿으며.
기도를 드리면 주님의 지도와 보호가 있을 것으로 믿고
예수 그리스도의 이름으로 감사기도도 드린다.

주님께서는 탄생과 결혼, 병환, 노화와 죽음을 결정하신다.
우리들은 격식을 따지지 않고 주기도문부터 읊는다.
마카이의 "좋은 하느님"을 합창하고 "아멘"을 힘차게 부른다.
가족의 복지를 바라는 꿈과 욕망에 대한 의견을 서로 나눈다.

어떤 때에는 우리 겨레와 세계의 안전과 번영을
주시도록 주님의 자비로움과 다정함을 기대한다.
그런 뒤에 "주님과의 한순간"을 함께 낭송한다.
오로지 주님만 믿고 살면서 주님을 찬양하려고.

공자는 군자에게 수신제가 치국평천하(修身齊家治國平天下)를
하라 하셨고, 부처는 욕정으로부터 해탈(解脫)하고 진실을
터득하라 하셨다. 소크라테스는 최선의 삶은 진실한 최고 투사를
좇아가는 것이라 하시고, 단군께서는 홍익인간이 되라 하셨다.

많은 선현들이 행복을 얻는 방법에 대해 여러 말씀을 하셨다. 모두들 사랑과 용서를 베풀라고 이르셨다. 베드로와 요한은 교육을 받지 못했지만, 예수님의 깃발을 훨훨 펼쳐 들고 세상을 구제하려고 장로들과 서기들을 지도해 낼 수 있었다.

운동

아침마다 다섯 시에 일어나서
실내 트랙에서 40분을 달린다.
20분간 굴신운동을 한 뒤에
애창곡 열다섯 곡을 골라 노래한다.

동요와 좋아하는 달콤한 노래.
"로렐라이", "울 밑의 귀뚜라미"
"오 솔레 미오", "목포의 눈물" 등.
황홀한 선율에 따라 모창(模唱)을 해 본다.

마주치는 사람들이 크게 칭찬한다.
인사치레처럼 반기는 말을 건넨다.
다가오면서 친구가 되려고.
바로 그 순간에 환히 웃으며.

매번 운동하면서 건강을 지킨다. 그러면서
사람들에게 멋있고 예쁜 것을 드리려 애쓴다.
신께서 언젠가는 사라질 우리에게 주시는 농작물을
지치고 가난하여 수확하는 법도 모르는데.

나이

어릴 적에, 아기들은 어서 자라기를 바란다.
빨리 어른 대접을 받으려고.
어른들은 늙기를 싫어하지.
성과 있는 일도 못했는데, 쇠잔하고 외롭다.

인간은 현명하여 세 가지 다른 나이를 찾을 수 있다.
호적의 나이, 생물학적 나이, 정신 연령을 다행한 일이다.
호적 연령은 마음대로 고치지 못해도,
생물학적 나이나 정신연령은 꾸준히 개선할 수 있다.

호적 연령은 신분증에 적힌, 출생일 후의 세월인데,
부모가 관청에 등록하면서 정해진 것이다.
신분증을 잃으면 아무도 호적 연령을 주장할 수 없게 된다.
그래서 141세의 아나미가 기네스에 오르지 못했지.

생물학적 연령은 생활 방식에 따라 바꿀 수 있다.
좋게도 나쁘게도. 무료로 테스트를 받아 보았다.
스물네 개의 질문에 답하면서 알아보았다.
생물학적 연령이 예순둘밖에 안 되어 놀랐다.

긍정적인 사고를 하면 정신 연령도 줄일 수가 있다.
노인이라도 제안을 해 보고, 심사숙고와 두뇌 훈련을 하면.
온라인 시험으로 서른 개의 질문에 대답하면서
내 정신 연령은 서른일곱이 되어, 나의 호적보다 훨씬 젊었다.

테스트를 다 받아보아라, 모두 20분 정도 걸리니.
너무 생각을 오래 하지 말고 떠오르는 생각으로 답해라.
봄철을 맞은 한창 때에 재미있는 결과를 얻는다.
당신의 인생이 밝아지면서 분홍빛으로 물들이라.

회복

외과 수술을 받았는데,

의사가 재활 운동을 권한다.

특히 마비나 치매를 일으키는 뇌졸중에,

규칙적인 운동은 지중해식 식이요법과 함께 큰 도움이 된다.

내가 고관절 수술을 받아 걸음도 딛지 못할 때에,

내 스스로 할 수 있는 만큼만 단계적으로 높인 목표를

정했다.처음에는 십분 정도 죽을 힘을 다하여 걸어보았고,

그 다음에 다시 40분간 시속 6킬로미터의 속도로 올렸다.

전신마취에서 깨어나자, 텔레비전 연속극 환상이 떠올랐다.

지식인들의 인상적인 낱말들을 골라

환상적인 시와 역사소설을 쓰기 시작했다.

그랬더니 차차 치매 현상이 없어졌다.

진통제를 들던 것을 바로 포기하고,

통통하게 찐 체중을 줄이려고 애썼다.

금연하고 설탕 섭취를 줄이고

식단을 채식으로 바꾸어 나갔다.

일 년 뒤가 되니 건강이 거의 회복되었다.

의사 선생님들과 친구들의 충고를 받아들인 덕이다.

알파고(Alphago)의 도전

알파고가 최고의 챔피언을 이긴 장면을
관전하던 사람들이 깜짝 놀랐다.
기계학습(Machine Learning)으로 한 도전인데,
새로 만든 인공지능(AI)이 인간을 이겼다.

시합에서 천재들이 서로 격돌했다.
한쪽은 유명한 한국 프로 기사(碁士)인데,
상대방은 영국의 프로게이머인 신경과학자로서
인공지능 알고리즘, 5세대 통신, 클라우드컴퓨팅을 동원했다.

속도, 용량, 정확도, 시스템의 완벽성.
희랍 혈통의 선수가 대단한 지혜로 설계했다.
게임과 자동화 분야에서 숙련한 기술로
알파고(Alphago)는 전문가의 합작으로 게임을 이겼다.

혼자서 기계에 도전한 한국의 챔피언을 칭송하면서
카나리아는 목청을 도와 즐겁게 노래를 우짖는다.
과학자들이 함께 자동화를 애써 추진하고 있으나,
로봇으로 인간의 능력을 대체하는 것은 쉽지 않다.

천재들이 최고 속도로 이동할 수 있도록 버스, 기차,
비행기, 로켓, 그리고 레이저 빔을 발명한 지금에도
옛날 목동처럼 우리는 올림픽에서 경주를 하고 있다.
그러니, 기계학습의 고속처리 정도야 예사가 되어야 한다.

한국인의 가치

옛날 옛적에 우리의 조상인
위대한 단군 할아버지께서
다 함께 홍익인간을 하라고
두 번 세 번 가르쳐 주셨다.

백 년 전만 해도, 한국인에게는 엄격한 계급이 있었다.
혈통에 따라 왕족과 네 가지의 신분 아래 노비 계급.
한국 동란이 그렇게 답답한 계급 사회를 없애 버리고
아무런 차별이 없는 잘 짜인 평등 사회를 만들어 냈다.

근심 걱정이 없는, 세계에서도 드문 나라.
누구나 훌륭한 능력이 있고, 도덕적 죄만
짓지 않으면, 지도자가 바로 될 수 있다.
심지어, 한 나라의 대통령도 될 수 있다.

근본을 따지지 않고, 종교와 교육, 직업, 결혼,
그리고 꽃이 만발하는 거주지를 선택할 때에,
아무런 규제가 없는 완전한 자유가 보장되며
모두들 서로 도우면서 자유롭게 말할 수 있다.

한국에서는 누구나 이동 통신 기기를 사용하며
최적 환경을 조성할 수 있다. 사람들과 사물을
활발하게 연결하면서 산업과 사회의 시스템을
최신 기술을 동원하여 자동화해 나갈 수 있다.

최순실 일당의 죄를 고발하면서,
비극적인 위기가 심각하게 터졌다.
모두들 당혹하고 부끄러워하며 탄핵한다.
엄청나게 부도덕한 일을 조사하고 있다.

지지자들에게 보답하려는 당초의 의도와 달리,
범죄 가능성에 대한 비판이 새로워지고 있다.
부도덕적인 지도자를 용서하지 못한다고 모는
언론과 반대당 지도자들의 끈질긴 선동 속에.

잘못을 저지른 자를 비난하는 군중의 데모에
열살밖에 안 된 어린이도 마음먹고 참가한다.
사회를 바로잡으려 노력하는 모습이 처량하다.
제발 그만두어라. 대중의 눈물 촛불 시위는.

그만큼 했으면, 우리의 분노와
고뇌를 충분히 표현했다.
내일도, 내일도, 또 내일도.
불신임을 포함해 신중히 생각하고 준비해야 한다.

한국인은 서로를 존중하면서 이 소동을
진정해 나갈 것이고, 그럴 능력도 있다.
윤리와 법치, 그리고 자유를 확신하면서
과거에도 그런 일을 해내지 않았던가.

용서

어린이들이 즐겁게 크리스마스 캐럴을 합창한다.
월계관을 씌울 만큼 훌륭한 업적을 찬송하면서.

하느님께서 보내신 주님을 맞아 무릎을 꿇은
우리들은 크게 감동했다. 주님의 말씀을 듣고.
예수께서 간통한 여자를 고발한 사람에게 말씀하셨다.
"너희 중에 누구든지 죄 없는 사람이 먼저 저 여자를 돌로 쳐라."

주님께서 또한 우리를 가르치셨다.
"원수를 사랑하고 너희들을 핍박하는
사람들을 위해 기도하라." 그리고 "누가
네 오른쪽 뺨을 치거든, 왼쪽 뺨마저 돌려 대어라."

예수께서는 이런 비유(比喩)를 얘기해 주셨다.
방탕한 아들이 누더기를 입고 살아서 돌아와
용서를 빌면, 불쌍한 아버지는 어버이의
사랑으로, 모든 잘못을 용서하게 된다고.

베드로가 예수께 다가와서 장미꽃을 드리면서 여쭈었다.
"주님, 저를 대적하는 형제를 몇 번이나 용서해 주겠습니까?

최대 7번?" 예수께서 대답하셨습니다. "내가 이르노니,
단지 일곱 번이 아니라 일흔일곱 번이다."

골고다에서 십자가에 못 박히면서 예수께서 말씀하셨다.
"아버지, 용서하소서. 그들이 하는 일을 모르기 때문입니다."라고.
예수께서는 희롱하는 군사들을 용서하자고 기도하셨다.
이런 일을 기리며 사람들이 모여 찬송가를 부르고 있다.

모든 것을 용서해 주시는 위대한 주님을 반겨, 썰매방울이
쩔렁쩔렁 울린다. 구세주의 탄생 축하로 쩔렁쩔렁 울린다.

우주

"우주여, 몇 살이신 가요?"
"이 사람아, 내 나이 몇인지 모른다."
어떤 선생이 우주의 나이가
138억 년 가깝다고 말했다.

"질문한 사람의 나이는 몇인가?"
"제 나이는 팔십 대가 되었어요.
뭘 몰라, 호기심과 질문이 많아서
지적으로는 아직 삼십 대로 어립니다."

"존경하는 우주님은 얼마나 크십니까?"
"지구에서 볼 수 있는 우주의 끝까지
470억 광년이 된단다." 이 대답에
키가 여섯 자밖에 안 되는 질문자는 깜짝 놀란다.

"우리 지구에는 70억이 넘는 사람들이 있어요."
질문자가 자랑스럽게 허리를 펴며 말했다.
"뭐라고? 하하하." 우주는 킬킬 웃으며 답했다.
"우주에는 300간(澗 $=10^{35}=$ 兆×兆×兆) 개의 별들이 뭉쳐 있지."

빅뱅, 대폭발 이후로 계속해서 팽창하면서,
물질은 원자, 별, 은하, 성단(星團),
초은하 성단, 은하계 미세 섬유로 뭉쳐진다.
우주는 일조 개의 은하수가 있다고 자랑했다.

우주의 5% 미만이 보편적 물질인데,
인간보다 우수한 생물이 있을 수 있다.
원자, 별, 은하, 생물은 보편적 물질로 되어 있다.
암흑 물질 26.8%, 암흑 에너지 68.3%이다.

질문자는 어떻게 그런 것들이 서로 연락하는지 물었다.
"아바타라고 그런 창조물을 꼭 닮은 분신을 만들면 되지.
그래서 텔레파시를 써서 의사 전달을 하고
행동을 통일하지. 그렇지 못하면 몽땅 멸망하거든."

"또한, 우리 주님을 진정으로 찾고 사랑하려 한다면,
동방 박사들이 예수 강림을 찾을 때처럼 길을 밝게
비출 것이다. 너희 나라의 분규와 혼란을 진정시키려고,
선량한 민주적 백성에 대한 선동을 없애려고."

살인자, 스트레스

갑자기 많은 스트레스가 한꺼번에 터진다.
한창 때의 건전한 신체에 예고도 없이.
뇌졸중, 심장 마비, 우울증 등으로 사람들이
분통이 터져 죽어가거나, 불구가 된다.

힘들게 지낼 일을 하나하나 따져보자.
사망, 이혼, 병환, 부상, 과로, 차입금,
언쟁, 퇴직, 이사, 그리고 정신요법 등등.
여러 가지가 나빠지면 치료를 서둘러야 한다.

예고 없이 줄리어스 시저를 찌른 브루투스의 비수처럼
살인적이고 만성적인 스트레스가 갑자기 병을 터뜨린다.
뇌졸중, 심장 마비, 좌절감이 생기고,
제2 당뇨병이나 골다공증 같은 증세가 나타난다.

불안해지거나 공포를 느끼면, 뇌 속의 편도선이
심박수나 호흡수를 견디지 힘들 정도로 높인다.
두뇌는 다시 부신(副腎)으로 하여금 코르티솔을 분비하게 한다.
그러다 보면 증세가 없어지지만 면역력이 무디어진다.

팔 주간의 “MIT의 마음 챙김 요법”으로 효과를 볼 수 있지만,
스트레스를 진정시키려면, 좋은 자세로 십 분간 명상을
하면 고통이 없어진다. 빠른 걸음을 걷는 것도 도움이 된다.
미국심리학회에서는 명상치료사와의 대화를 권하고 있다.

이 세상 사람들이 좋아할 극동의 등불이
깊은 구렁텅이에서 빠져나올 길을 슬기롭게 비추리라.
가장 강한 자도 견디기 힘든
신나고 열정적인 코스를 알려 주리라.

인간은 자기가 선택하지 않은 나라에 태어나지.
하느님께서 인간의 탄생과 미래를 결정하시지.
그렇게 정하신 데는 의미가 있으시겠지.
익살 부리며 재미있게 살 곳을 찾아 주시겠지.

많은 민족들이 다른 민족을 정복하려 들지.
사람들을 침략하고, 강탈하고, 겁탈하고,
살해까지 하면서. 엄마를 돌본다는 구실로,
종교나 이기심 탓에 절망하면서 싸운다.

사람들이 평화롭게 살 수 있도록 가르쳐라.
조선의 환웅 천왕과 결혼한 암곰처럼.
스물한 쪽의 마늘을 먹고 동굴에서 나와
선택된 아침의 고요한 나라의 왕비가 되었지.

혼돈 속의 세계를 구원하기 위해 촛불을 켜라.

자살 폭탄에 의한 학살을 어떻게든 막으려고.

저승의 노스트라다무스에게 무슨 일이 생겼나?

폭탄 공격을 살짝 막을 길은 전혀 찾지 못하나?

유혹

제2의 인생을 살기로 마음을 먹었으면,
어떻게 가정을 꾸릴지 생각해 보았나?
예금, 주식, 부동산 투자 등, 생계를 꾸릴
여러 방법을 찾으려 열심히 힘써 보았나?

복권 당첨, 퇴직, 상속 같은
소식에 악마들이 몰려온다.
예쁜 꽃에서 단꿀을 빨려
날아드는 벌이나 나비처럼.

심술궂은 악마는 얼굴에 매력이 넘친다.
자태도 고우면서 목소리도 요령 같다.
친척이나 가장 가까운 친구처럼 보이며
당신이 혹할 만큼 진실한 척 굴며 다가온다.

유혹하는 사람은 흔히 미소를 띠고 온다.
그러면서 감언이설로 속삭인다.
당신의 과욕도 채울 큰 이익을 보장하면서
자기네의 멋진 제안을 받아들이라고,

미다스(Midas)의 손길처럼,

불확실하고 위험천만인 투자를 하면

금을 캘 수 있다고 유혹한다.

잘 안되면, 대체로 신뢰를 저버릴 것들이.

사기에 걸려 몽땅 날리지 않도록 주의해라.

디오니소스(Dionysus) 주신(酒神)이 미다스 왕에게

준 것은 손만 대면 모두 금으로 변하게 하는 힘이다.

음식이나 사랑하는 아가씨까지 금이 되어, 굶어 죽는다.

일곱

하늘에 칠색의 무지개가 우리의 꿈을 펼친다.
사람의 운명을 좌우한다고 한국인이 칠성(七星)을 믿듯이
부모는 자식의 성공을 북두칠성(北斗七星)에 빈다.
장독대에 정화수 한 사발을 떠놓고.

동양의 신앙에는 칠복신(七福神)이 있어서
이익을 도모하는 장사꾼의 수호신이 되었다.
천주교에서는 예수님께서 칠성사(七聖事)를 정하여,
신의 은총을 구하는 정규 의식과 소통 경로를 삼으셨다.

그래서 나는 일곱이라는 수를 좋아한다.
수많은 소수(素數) 가운데서 으뜸이다.
일곱 번을 넘어져도 다시 일어날 수 있으니,
올바른 일을 해낼 수 있어서 마음이 편하다.

나는 밤에 일곱 시간을 잠잔다.
낮에는 쪽잠을 짧게 자고.
아침과 저녁 식사를 언제나
오전 오후 일곱 시경에 먹는다.

일곱을 좋아하다 보니
굴신운동도 일흔 번씩 한다.
체육관에서 이리저리
몸을 틀고 홱홱 돌린다.

일요일이 일하는 한 주의 마지막
일곱째 날이 되어 대단히 기쁘다.
유엔(UN)의 국제표준국(ISO)에서 휴식일로 정했다.
옛날에는 일요일이 처음에 있었는데.

삶의 보람이 되게, 내게는
두 쌍의 아들과 며느리가 있고,
쾌활하고 영리한 세 친손(親孫)이 있어서,
북두칠성처럼 도합 일곱이 되어 신난다.

행복해지고 싶으면

행복해지고 싶으면,
어렵더라도 수신부터 하여라
아침 여섯 시에 기상하고,
저녁 열 시에 잠자리에 들어라.

규칙적으로 식사량을 줄이고
매일 60분간, 시속 6킬로로
올바른 자세로 주간 닷새를 걸으면
건강을 해치지 않고 덕을 볼 것이다.

궂은 날씨에는 실내에서 러닝머신에 올라가라.
밖에 나간다면 햇빛을 쐬고 맑은 공기를 마실 수 있지.
만보계로 하루 일만보를 채우고
한 시간에 10킬로미터를 달리는 것도 좋은 일이지.

가능한 한 남을 돕는 일로 시간을 보내라.
"아가페"의 사랑으로 남을 위해 자선을 하고.
함께 사는 가족들부터 챙기면서,
도움이 필요한 친구들도 돌보면서.

무엇을 해야 하는지 차차 알게 될 것이다.
사랑하는 사람들에게 도움이 되려면
감사 편지를 하루 세 통 써 보아라.
매일 열 편의 글을 읽고 열 사람과 담소해라.

직업을 갖고 삼십 년간 열심히 일해라.
한눈팔지 말고, 한 가지 일에 집중하면서
최고로 일을 해낼 수 있는 영재가 되도록 해라.
삼십 년 후에 또 다른 직업을 선택할 수 있거든.

어찌 장난감으로 허송세월할 것인가?
게임이나 하고 연속극이나 보면서.
가짜 뉴스를 검색하고, 헛된 사건에 대해 왈가왈부하면서.
시간은 한이 있어 귀한 것임을 알아야지.

앙천대소하면서 기운을 내도록 해라.
박장하고 배를 안고 크게 웃으면서.
우울한 기분을 하늘 높이 날려 버려라.
희망찬 내일로 나갈 길을 만들면서.

그렇게 하면, 120년은 행복하게 살게 되리라.
프랑스, 알르에서 122년 반을 산 칼망처럼.
157세까지 즐겁게 산 인도네시아의 테린하처럼.
오래 살더라도 탈이 없어야 하니 조심하면서.

재난을 이기는 유전자

선사시대인 일만 년 전부터
거의 십 년마다 한국과 중국 간에 전쟁이 터졌다.
처음에는 치우(蚩尤)와 황제(黃帝)가 싸워서
한국이 99번 이기고 한 번 져서 망했다.

전한(前漢)이 고조선(古朝鮮)의 6만 3천 호(戶)를 정복하여
북조선에 낙랑(樂浪) 등 한사군(漢四郡)을 설치했다.
고구려가 668년까지 동이족(東夷族)의 선비(鮮卑)가 수립한
한(漢), 연(燕), 위(魏), 수(隨), 당(唐)과 수많은 세월을 싸워 나갔다.

왜구(倭寇)는 거의 해마다 남쪽에서 침범하더니, 16세기에
15만 명으로 군사를 늘여 두 번이나 침범해왔다.
말갈(靺鞨), 글안(契丹), 몽고(蒙古)가 북쪽에서 쳐들어왔고,
17세기가 되니 청(淸)이 조선(朝鮮)을 정복했다.

19세기 들어 일본이 청을 24만 대군으로 물리치고
20세기 들어 백만 대군으로 러시아를 이겼다.
1950년이 되면서 한국전쟁이 터져, 중국과 북한에
대해 유엔의 22개 연합국이 삼 년을 싸웠다.

전쟁의 규모와 희생자는 극적으로 증가하지만,

한국인은 그 고통과 재난을 극복하였다.

하느님께서 한국인에게 재난을 이기는 유전자를 심으셨나?

1953년의 잿더미에서 어찌 그리 빨리 회복할 수 있었나?

비단길

동방에는 비단길이 신라의 금성에 이른다.
서쪽으로는 시리아의 다마스커스를 지나간다.
그 사이로 대상(隊商)이 비단과 생활용품을 거래했다.
종교, 문화, 질병을 산간벽지까지 퍼뜨리며.

한국인은 외침에 시달리면서,
1953년에 일인당 소득이 67달러밖에 안 되었다.
22개국이 한국인의 자유를 지키려고 싸운 덕으로,
한국인은 열심히 일해 국민소득 2만 8천 달러를 달성했다.

시리아도 이웃한 강대국의 침략을 받고
요란한 반란에 시달렸다. 반기문 유엔 사무총장이
시리아 여학교의 꿈에 감동하여
안정을 못 찾고 헤매는 난민 수용소를 짓자고 제안했다.

한국과 시리아는 모두 유구한 역사를 자랑한다.
국민들의 식자율(識字率)도 90%가 넘어 높다.
한국인이 불안한 형편을 극복해 낸 지혜를 배우면,
시리아도 원조 받는 나라에서 주는 나라로 바뀌리라.

장건(張騫; 113 BC사망)이 중국을 세계무역을 하게 만들었다.

교역하는 길에 낙타가 젖과 고기 그리고 그늘을

마련해 주었다. 비단길에서 교역을 하면 번창할 수 있다.

시진핑(習近平)의 일대일로(一帶一路) 같은 멋진 계획을 따라.

제주도 여행

프리씨이오의 회원 아홉 쌍이
김포에서 제주로 50분간 비행했다.
한국 남쪽 바다의 가장 큰 섬에서,
이박 삼일의 여행을 즐기려고.

산악지대에 비가 온다는 예측으로
우산을 준비했지만 소용이 없었다.
날씨는 빗방울 하나 없이 맑고 좋아,
21개 올레길의 몇을 골라 걸었다.

제주 공항을 출발하여 점심으로 맛있는
해산물 요리를 맛보러 용담(龍潭)으로 갔다.
황우지 해변 절벽에서 걷기 시작하니,
남자들은 선녀들의 목욕을 엿보는 나무꾼이 되었다.

외돌개 바위를 왼쪽에 두고 7번 올레길을 갔다.
"장군바위"는 원(元)나라를 격파한 최영(崔瑩) 장군을
기리며 지은 이름인데, 이를 멀리 보면서
"60빈스(Beans)"라는 아늑한 카페로 옮겼다.

"쌍둥이 횟집"이라는 식당에서 풍성한 해산물로 된
저녁을 드는데, 신선한 전복, 성게, 옥돔, 오징어로
잔뜩 배를 채운 뒤, 그날 밤을 지내러 27홀의
타미우스 골프 장에 있는 고즈넉한 숙소로 찾아갔다.

다음 날 아침 일찍, 모슬포(摹瑟浦)로 떠났다.
한국의 최남단에 있는 마라도(馬羅島)로
가는 배를 타려는데, 짙은 안개로 부득불
진로를 용두암(龍頭巖) 해안으로 바꾸었다.

산방산 앞에 시커멓게 울뚝불뚝 해안이
펼쳐지는데, 현무암이 차곡차곡 쌓였다.
하멜(Hamel) 기념관 옆 골짜기 바위를 타고
우리는 벌벌 떨며 기어 내려갔다.

하멜과 그의 선원들은 1653년에 이곳으로
표류했다가, 일본을 거쳐 네덜란드로 탈출하여,
17세기의 한국에 대해 서술했다. 그런 바닷가에서
늙은 해녀가 우리에게 해삼, 미더덕, 전복을 팔았다.

가는 길은 아내와 내게는 너무 험했다.
이장규과 김동억 회장의 도움으로 손에 손잡고
아름다운 바닷가를 배회할 수 있었다.
고맙게도 일행 모두가 우리를 도와주었다.

외돌개 바위

하멜 기념관

카페에서 김택호 회장의 조카를 만난 뒤,
한담 해변에 있는 봄날 카페로 갔다.
모래톱 위를 한동안 돌아다닌 뒤에
옹포 별장가든에서 흑돼지 요리로 만찬을 했다.

세 번째 날 아침에 분재가 있는
잘 다듬어진 "생각하는 정원"을 구경했다.
건설 중인 "탐라 나라"까지 방문하다 보니
만 사천 보를 매일 걸은 셈이 되었다.

16세기에, 제주도는 섬을 발견한 배의 이름에 따라
퀠파트(Quelpart)라고 유럽인들이 불렀다.
1950미터 한라산이 한가운데 솟은 화산도로,
1,848평방킬로미터 땅에 58만 4천 명이 살고 있다.

고(高), 부(夫), 양(良)의 세 성씨가 동굴에서 기어 나와
이 땅에 나라를 세운 뒤 많은 도민이 살고 죽었다.
13세기에 몽고가 특수 부대 삼별초를 격파했고
1948년에는 남한 단독 선거를 반대한 주민이 죽었다.

한반도에서 멀리 떨어진 제주도는 조선왕조가
김정희(金正喜)같은 명필을 귀양 보낸 곳이고,
이중섭(李仲燮) 같은 유명 화가가 살던 곳이라,
지금도 관광객이 계속해서 찾아온다.

스무 하나의 올레길이 작은 마을, 해변, 농장, 과수원과
제주 공항을 연결하는데, 하나의 올레길이 보통 사십 리다.
사람들이 많이 찾는 곳은 만장굴(萬丈窟), 일출봉(日出峰),
한라산(漢拏山), 민속촌, 박물관, 러브랜드(Love Land)와 해변이다.

여행을 기획한 이경호 및 송병남 회장 덕으로
아홉 쌍의 일행은 무사히 관광을 마칠 수 있었다.
모두들 아열대성 사계절이 있고 겨울에 영하로
내려가는 것이 드문 제주도를 다시 찾기로 했다.

화담 숲 (1)

화담 숲은 경기도 광주시 도척면, 반리봉 기슭에 있는데,
많은 사람들이 정답게, 즐겁게 애기를 나누자고 찾아온다.
482m의 정상까지 경사도가 낮은 산책로를 오르며,
4천3백 종의 동식물이 즐겁게 사는 모습을 감상하게 된다.

화담(和談)은 고(故) 엘지 구본무(具本茂)회장의 호이다.
한자의 원래 뜻은 싸움 끝의 평화 회담이다.
평화 회담을 빨리 성공시키려면 남의 말을 듣는 것이 먼저다.
따뜻한 훈풍을 불게 하려면 강의나 설교는 필요하지 않다.

10월의 마지막 주에, 가을의 나뭇잎이 우수수 떨어지며,
단풍을 비롯하여 가지가지 관상수가 한껏 붉게 물든다.
파도치는 가을 나뭇잎 아래 하얀 시베리아 국화와 노란
국화와 자주색 과꽃이 활짝 피어 사진발을 받는다.

딸기 같은 열매가 맺어 붉은 산수유와
자줏빛 체리가 다채로운 분위기를 북돋운다.
환상적인 콘도에서 하룻밤을 지내고, 다음 날
아침에 근처를 두루두루 산책하면 상쾌하기 한없다.

14℃의 상쾌한 기온에 귀가 멍해질 만큼 자란 전나무
숲을 지나, 꾸불꾸불 돌아가는 길 따라 걷기 시작한다.
숲의 맑은 공기로 가슴속까지 뚫리는 곳에서
옛날 얘기를 전하려고 물레방아가 절구질한다.

수족관의 가는 돌고기가 우리를 반기며 놀고 있으나,
메기는 바위 밑에 숨어 난데없이 찾아온 손님을 무시한다.
이들과 대화하지 못하고, 사람들은 소나무 밭과
한국 최대로 가꾼 이끼 정원을 찾아간다.

다음 단계로 약속의 다리를 건너면서, 연인들은 영원한
맹서를 기약하는 사랑의 자물쇠를 난간에 매단다.
이곳에 꿈 같이 달콤한 추억을 남길 수 있도록,
자물쇠 대신 청홍백의 리본을 달도록 했으면 좋겠다.

정상에 이르면, 일천 그루의 하얀 자작나무들이 유라시아
대륙의 사나운 북풍 속에 자랐을 때처럼 무성하다.
고금의 여러 종교에서 상징으로 삼는 자작나무는
핀란드, 스웨덴, 그리고 러시아의 국가 수목이 되었다.

적송(赤松)이 찾는 이를 유혹하며 몸을 틀며 교태를 부린다.
한국 소나무는 울면서 사람들을 오라고 부르는데.
일본 소나무는 이것저것 가리지 않으면서 기를 편다.
이곳에 사람들은 돌무지를 쌓아 소원 성취를 빈다.

상남(上南)의 귀중한 분재(盆栽)가 찬탄(讚嘆)을 받는다.
상남은 화담의 부친인 구자경(具滋暻) 엘지 그룹 명예회장이다.
흑송(黑松)의 분재는 30년에서 124년생이다.
낙엽을 밟고 가면서 구경꾼들은 즐겁게 노래를 부른다.

산허리에, 동굴이 하나 있어 노래를 부르게 유혹하고,
그 근처에 자라들이 흘러 드는 가락에 귀를 기울인다.
극동에 있는 화려한 금수강산의 이 땅에서
시비를 따지지 않는 평화로운 낙원이 된다.

화담 숲에는 걷기 싫은 사람들을 위해 모노레일이 다니고,
배고픈 이를 위해 식당에서 맛있는 음식을 대접한다.
연약한 이도 얼굴 찌푸리지 않고 다닐 수 있는 시설이 되었다.
화담 숲의 직원들이 손님들을 다정하고 친절하게 대하는 가운데.

서울에서 곤지암 휴양지까지 차로 40분이 걸린다.
화담 숲을 돌아보려면 일만 오천 보는 걷는데,
곳곳에 쉬는 곳이 있어서 땀을 흘리지 않아도 된다.
심신이 회복되니, 누구나 한 번은 다시 오게 될 것이다.

화담 숲 (2)

엘지 상록재단(常綠財團)이 만든 화담 숲은
2013년 6월에 1,355,371㎡(41만 평)의 산야에,
자연보호와 친환경 조건을 멋있게 충족하면서
20가지 테마 정원을 철마다 아름답게 가꾼다.

인간과 자연이 서로 속삭이며 세월을 함께 하며,
자연 그대로 한국 유수의 친환경 정원을 이루며,
한국 최대의 소나무와 이끼 공원, 분재원(盆栽園),
반딧불이, 수국, 진달래, 자작나무들이 함께 있다.

4,300종의 국내외 야생식물이 화담 숲에서 자란다.
정상의 바위 정원에 고산식물이 무성하고, 키가 큰
소나무, 난장이 관목 덤불, 여러해살이 정원 화초가
사람들이 잘 볼 수 있게 적당한 높이에서 무성하다.

자연림의 새소리, 물과 바람 소리를 들으며
사람들은 5.2km를 걸을 때 풍치를 만끽한다.
겨울에만 화담 숲이 닫히는데, 풍년을 기약하며
눈이 내리면, 나무들은 하얗게 눈꽃으로 덮인다.

"겨울이 오면, 봄이 멀 수 있는가?" 하고 셰리(Shelley)가 읊었다.
봄이면 150여 종의 벚꽃이 동산을 분홍빛으로 물들이고,
210종의 진달래와 철쭉이 진달래 정원에 봄이 온 것을
알리며 덩달아 활짝 꽃을 피운다. 생각만 해도 즐겁게.

야생화 중에서 할미꽃, 산 백합, 금낭화 등이 화담 숲의
산책로를 따라 피는데, 바위 정원에는 수련(水蓮)이 있어
옥수수 튀긴 것처럼 활짝 핀 꽃조팝나무를 보게 된다.
개울에서 개구리가 큰 소리로 울고, 비단 잉어가 논다.

여름이 되면 수국원에서 7만 그루의 수국(水菊)이 벽계수를
화려하게 꾸미고, 연못에는 비비추와 중국 노루오줌의 잎들이
백합과 시원한 날씨에 합창한다. 장미와 모란이 아름다운
자태를 뽐내는데, 빨강은 로맨스를 하양은 순결을 상징한다.

유월이 되면, 반딧불이가 화담 숲 저녁 하늘을 날아다닌다.
요정의 꿈에 얼룩진 노래를 어린이들에게 선사하면서.
환경을 보호하는 화담 숲은 반딧불이 같은 원생동물을
잘 가꾼다. 도시화 진행 속, 냇물에 추억을 흘러보내면서.

가을이 되면 관상목과 단풍나무가 새빨갛게 물든다.
국화가 예쁜 모습을 찍으라고 사진사들을 유혹한다.
백색은 천진난만, 적색과 황색은 애정을 나타내는데,
세 가지 색으로 꽃을 엮어 애욕을 표현한다.

손님들은 식물만이 아니라 자연 기념물이 된
희귀 동물에 마주친다. 원앙새, 도롱뇽, 고슴도치처럼
근래 한국의 숲에서 살아져 가는 동물들.
담수어(淡水魚)항과 곤충 생태관(生態館)도 있다.

다음에 올 때에는 콘도미니엄에서 며칠을 지내면서
기차게 좋은 곤지암 18홀 골프로 하루를 보내면 어떨까?
화담 숲을 즐기면서 또 하루를 거닐고, 셋째 날은
휴양 시설에서 몸과 넋을 어루만져 보면 어떨까?

서울에서 오는 이는 날씨가 좋으면 스키를 즐기세요.
이태리 식당 라 그로타(La Grotta)에서 포도주를 들면서,
손님 취향에 맞게 골프 코스 안내와 스키 연습, 스크린 골프를
인공지능과 가상현실로 맛보는 것도 재미있을 것이다.

세계복지 과제

세계복지를 도모하기 위한 다섯가지 시급한 과제가 있다.
기후, 전쟁, 빈곤, 교육, 그리고 생산성의 다섯 과제이다.
모든 국가, 모든 산업, 그리고 모든 사람이 생존을 위해
고속 혁신 속에 경쟁이 심한 세상에서 추구하고 있다.

전 세계에 분출하고 있는 가스가 열을 차단하고
미세 먼지의 오염과 함께 2016년을 인간이 기온을 측정하기
시작한 1880년 이래로 가장 더운 한 해로 만들었다.
그 결과, 열대성 폭풍과, 홍수와 산불이 많이 일어나게 되었다.

화석 연료에서 발생한 탄산가스가 식물이 흡수한 뒤에도
반이나 대기 속에 남아 있어서, 지구를 가열하여,
바다 수면이 상승하고, 빙하가 줄어들고 있다.
그래서 식량 확보가 어려워지고, 거주 지역이 줄어들다.

2016년 11월의 파리 협정에서 기후 변동에 국제적으로
협력하자고 했다. 그러나 행동이 느린 자들 때문에
1억 2천2백만 명이 빈곤에 빠지게 될 것이다.
2030년까지 많은 사람들이 굶거나 병이 나서 죽게 될 것이다.

유사 이래로 분규 끝에 전쟁이 자주 난다.
가장 많은 전사자가 난 제2차 세계대전 이후로,
70년 동안 어디선가는 전쟁이 터졌다.
한국, 베트남, 아프가니스탄, 이라크, 시리아, 등.

시리아에서는 폭격이 매일 일어나고,
한국에서는 만날 방송을 거듭하는데,
북한의 핵 시험과 유도탄 발사와
한미 연합 군사 훈련 소식들이다.

많은 사람이 제3차 세계대전이 임박하다고 한다.
시리아, 한국, 남중국해나 EU등지에서
대량 학살 무기를 수없이 쓰면서
모든 생물의 말살을 위협하면서

평화 회담으로 분쟁 원인을 찾아야 한다.
오래 품어 온 적대감을 없애고.
당사자들이 조금만 양보한다면,
상호 이익이 되는 협정을 맺을 수 있을 것을.

UN회원국들은 극빈자를 없애자고 합의했다.
2030년까지 기아(飢餓)를 일소하기로 하고.
2015년에 겨우 반타작하니 4분의 1의 인구가 극빈자이다.
2014년에 실직자가 2억 2백만 명에 이르면서.

교육과 취업 수요가 어긋나면서,
2013년에 7천4백만의 청년 실직이 생겼다.
모두들 생산성 향상을 위해 자동화를 추진했다.
인공지능, 통신망, 클라우드, 3차원 프린터, 사물 인터넷 등으로.

사람과 기계, 그리고 사물들을 함께 일하도록 엮는
인공지능과 통신망이 급속도로 발전하는 시대에,
인공지능 가운데도 심층학습(Deep learning) 논문을
중국이 가장 열나게 발표하는데, 미국이 그 다음을 쫓는다.

기계학습, 신경망, 그리고 로봇화가 인간의 능력을
보완한다고 미국의 국립 과학 기술 위원회(NSTC)가
국가 인공지능(AI) 전략으로 발표했다.
AI로 이야기하고, 살며, 일하고 배우고 찾는 방식을 바꾼다.

독일의 아디다스(Adidas)가 3차원 프린터를 써서
무인 자동화 방식으로 신발을 만들어 내게 되었다.
아디다스는 2017년에 미국의 애틀랜타(Atlanta)에 진출하여
고객과 협력업체들을 통합하는 시스템을 운영하기 시작했다.

많은 의상 업체들이 이 추세에 잇따라 합류하고 있다.
무인 자동차가 완전 자동 생산 라인에서 쏟아져 나오고
노소나 장애 여부를 불문하고 사람들은 즐기게 될 것이다.
교통 경찰이나 보험이 줄어들 무인으로 작동하는 교통수단을.

2050년까지 80%의 일자리가 로봇으로 대체될 것이라는
예측이 있다. 그런 변화에 견딜 수 있게 사람들이
준비해야 할 것이다. 유치원 시절부터 새 일자리에
맞는 기술과 재주를 얻도록 도와주어야 한다.

무엇보다 시급한 것은 경영자의 확고한 결심이다.
제4차 산업혁명이 진행되는 과정에서
이 땅을 파멸에서 구하려면 그 비용을
감당할 생산성의 증가가 필수적이다.

이런 과제는 혼자서 감당하기에는 너무 복잡하다.
그래서, 다른 사람의 말에 귀를 기울이는 사람이 필요하다.
실천한 일에 대해 보고받고 대안을 논의하는
토의를 거듭해야 많은 사람의 지지를 받는다.

모든 지도자가 여기에 제안한 대로 행동한다면
태업이나 데모나 전쟁이 이 세상에 없을 것을
종교, 신앙, 믿음이 다를지라도
우리 모두가 영원한 평화와 번영을 누려야 하는데.

미세 먼지

생물을 위협하는 미세 먼지가 공중에 가득 찼다.
연무제(煙霧劑)를 마구 뿌리는 악마가 지휘하는 악령(惡靈)들이다.
직경이 25마이크로미터(100만분의 1 미터)도 채 되지 않은
미세 먼지가 폐를, 두뇌를, 취약점을 꿰뚫어 병을 일으킨다.

가스와 그을음, 먼지, 그리고 생물적 미세 먼지로 된
악령들이 심혈관계통(心血管系統)을 난타한다.
이것들은 화산폭발, 폭풍, 꽃가루, 차량의 매연(煤煙),
난방을 위해 태운 석탄 등으로 생성된다.

선양(瀋陽)이 세계보건기구(WHO) 한계치인 25μg/m^{3}를
초과한 1,400μg/m^{3}를 기록했는데, 악마가 마스크, 필터,
보자기 등으로 인간을 조롱하고 있다. 그 주요 원인은
석탄을 쓰는 산업과 차량인데, 악마가 비웃고 있다.

2010년에 미세 먼지가 세계적으로 삼백만 명을 죽게 했다.
한국전쟁에서 죽은 이백육십만 명과 견주어 봐라.
누가 이 재난을 멈출 것인가? 청정 에너지를 쓸 수는 없나?
악마와 악령들을 이 세상에서 일소해야 하는데.

고맙습니다, 형님

서로 호형호제하며 지내자고 하셨습니다.
형님께서 진심으로 도와주셔서 항상 감사합니다.
쨍쨍한 햇빛처럼 따뜻한 손길로 돌보셨습니다.
바다와 땅에 휘몰아치는 폭풍을 잠재우셨습니다.

반세기 전에 락희 화학 구매과장할 때에,
상사가 되셔서 직접 가르쳐 주셨었지요.
그러면서도 모든 일을 맡겨서
제가 쉽게 일할 수 있도록 하셨지요.

수시로 가르쳐 주셔도 간섭을 하지는 않으셨지요.
웃으면서 다정하게 우리를 안아 주셨습니다.
늦도록 일하면서 서툰 짓도 했던 우리에게 하신
퇴근 시간 지키라는 말씀에 다들 감동했답니다.

제가 그만둔 뒤에도 챙기셨지요.
강직성 척추염에 고생하는 이 아우를.
훌륭한 의사 선생님을 소개하면서
제 허리를 수술해서 펴 보자고 하셨습니다.

형님께서 새로 여신 병원에 입원했더니,

모든 자원을 동원해서 돌봐 주셨지요.

수술이 끝난 뒤로도 제 친구에게 물으셨어요.

혹시나 아프거나 불편한 곳이 없는가 하고.

처음에는 수술의 성공이 반반이었는데,

시간이 지나자 점점 거동하기 편해졌습니다.

이젠 터놓고 사람들과 사진도 찍을 수 있습니다.

종전에는 일부러 사진 찍기를 피해 숨었는데.

다정하고 멋진 형님, 송파 이재연 회장님.

언제나 저의 건강과 행복을 염려하셨습니다.

형님께서는 9년 전에 베어-트리 파크를 여셨습니다.

55년 전에 만드신 송파원에서 옮기신

세종시 근처의 12만여 평의 동산에

40만 그루의 꽃과 나무들이 어우러져 있습니다.

엘지 그룹을 이끌고 세계 방방곡곡을 다니면서,

틈틈이 희귀한 동식물을 특종으로 수집하셨지요.

150마리의 반달곰, 사슴, 그리고 풍성한 비단잉어의 둥지를

돌보는 부지런한 베어-트리 파크의 정원사가 되셨습니다.

공원을 화려하고도 정숙하게 정성껏 가꾸고 계십니다.

꽃이 만발하는 봄, 신록의 여름, 불타는 가을, 눈 내리는
겨울 내내 형님께선 환상적인 작품을 쓰고 계십니다.
멋진 자연의 맛을 어린이, 어른들, 노인들과 함께 즐기려고.

화초를 돌보다가 다치실 때가 있어서 친구들이 걱정합니다.
사람들이 공원을 찾기 쉽도록 정성을 다하여 돌보셔서
참으로 고맙습니다. 송파 이재연 회장님. 우리의 다정한 형님.
공원을 돌아보면서, 형님의 깊은 사랑을 다시 깨닫습니다.

피해야 할 혼란

혼란 속에서 사회 언론(social media)이 할 일이 있었다.
2011년의 아랍의 봄, 영국의 유럽 탈퇴(Brexit), 트럼프(Trump)의 당선,
그리고 2016년의 한국 대통령 탄핵 등에서
사람들을 부추겨서 행동부터 하고 생각은 나중에 하게 했다.

사소한 사건으로도 군중을 동원하고 데모를 하거나,
정책변경 캠페인으로 그 규모로 키울 수 있게 된다.
사회 언론은 혼미해진 대중의 힘으로 민주주의를 위협한다.
대중의 분노를 누그러뜨릴 조치를 빨리 취하지 않으면.

2016년에 폭동이 전 세계를 휩쓸었다.
서로를 미워해서 죽이는 전쟁만이 아니라,
사람들은 폭풍과 화산 폭발, 지진, 조류 독감,
환경 오염으로 병들어 고생하게 된다.

제4차 산업혁명은 모든 사회와 산업들을
급속도로 변화시키기 시작했다.
21세기의 인간들이 사는 방식이나
일하는 방법을 뿌리부터 변경해 가면서.

제조생산, 유통 및 배송, 금융, 의료, 운수,
농축산, 교육, 그리고 정치까지
모든 부문에서 자동화가 진행되면서,
초고속으로 변환이 일어나고 있다.

그렇게 되면 고급 기술자가 높은 수입을 즐기고
불안정한 하급 기능인은 저임금으로 살게 된다.
당분간 일자리는 늘지 않는다.
아무리 당국이 일자리 만들겠다고 애써 봐도.

한국인의 노동시간은 일 주에 40.85시간이다.
이를 독일 수준의 26.37시간으로 낮추고
40%의 노동 시간을 다른 사람에게 주면 된다.
그러고도 실질 소득이 줄지 않는다면 좋겠지.

적게 일하면 수입이 주는데, 이를 보충하려면
마땅한 재원을 마련해야 하지.
부동산 임대 소득이나 불로소득에서
기초수입 충당 재원을 마련할 수 있지 않을까?

이렇게 조성한 40%의 노동 시간을
노동자의 교육과 재훈련에 쓰면 좋겠다.
대혼란 속의 세상이 요구하는 일자리를 맡을 수 있게.
인공지능과 로봇의 제4차 산업혁명시대에 적응하도록.

지도력

강력한 지도력에는 수십 년에 걸쳐
조직 전체가 성취해야 할 비전이 있어야 한다.
지도자는 달성해야 할 미래상을 그려서
부하들이 믿고 따라오게 설득하여야 한다.

효과적인 지도력은 훌륭한 간부를
선발할 수 있고, 장기간 권한을 주며
보호해 줄 수 있어야 한다.
가치를 창조하여 사람들에게 이익을 줄 수 있게.

다양한 집단과 의사소통을 하면서도,
가장 중요한 일에 충분한 자원을 써서,
지도자는 인간의 복지와 안전을 도모해야 한다.
사회가 인정하는 타당성과 윤리성에 맞추어.

성공적인 지도자는 자주 사람을 칭찬한다.
어긋나는 자는 엄격히 벌을 주면서.
칭찬하면 코끼리도 기뻐서 춤춘다.
정의가 혼란한 사회를 바로잡을 것이다.

한국 역사에서 성공적인 지도자를 찾을 수 있다.
그 분은 조선의 4대 왕인 세종(世宗) 대왕이다.
조선 왕조 3대왕인 태종(太宗)의 셋째 아들로
1418년에 21세로 즉위했다.

두 형을 재끼고 부왕이 세자로 책봉했다.
세종은 4년간 섭정으로
군사와 왕족 관리를 하면서,
왜구(倭寇)의 섬과 형제들을 다스렸다.

세종은 18년간 황희(黃喜)를 재상으로 신임했다.
깊은 지혜와 넓은 경험이 있는 학자로서,
두문동(杜門洞) 역도(逆徒)로 은거(隱居)했던 그를
세종은 자신의 즉위를 반대했는데도 임명했다.

세종은 재능이 있는 관노(官奴), 장영실(蔣英實)을
신분의 차이를 무시하고 간부로 임명하여
천문의(天文儀), 측우기, 해시계, 물시계,
무기, 새 달력 등을 개발하게 했다.

세종은 맹사성(孟思誠)과 김종서(金宗瑞)도 등용하여,
왕국의 북쪽 강토를 확장시키고,
주민을 보호하려고 사새육진(四塞六鎭)을 설치하게 했다.
맹사성은 정적(政敵)인 최영(崔瑩)의 친척이었는데도.

1434년에 서민들이 글자를 필요로 한다는 것을 안 세종은
십 년간을 스스로 언어학자로 몰두하여,
훈민정음(訓民正音)을 1443년까지 창제했다.
학자들의 반대 속에, 그의 딸 정의공주(貞懿公主)가 내밀히 도왔다.

농부를 위해 세종은 편람을 만들게 지휘했고,
선조를 숭상하여, 유명한 시를 몸소 지었다.
학자를 육성하려고 집현전(集賢殿)을 건립하여,
선비들을 골라 유교와 고전을 공부하게 했다.

유능한 사람을 찾아, 신분 차이를 무시했다.
재능, 신뢰성, 청빈을 중시하고,
정치적 반대당이나, 왕족도 상관하지 않았다.
오로지 백성을 위한 일을 할 수 있게 권한을 부여했다.

꽃들의 잔치

꽃들이 아름다움을 자랑한다.
설날에, 계절에 상관없이
꽃말 뜻을 알아보리.
자랑하는 것이 무엇인지.

미인대회 선두에 흰 매화가 달리고.
분홍색 벚꽃이 씩씩하게 따른다.
토끼가 언덕과 길에서 뒹구는데.
붉은 진달래와 노란 개나리가 피었다.

하양, 분홍, 노랑 색깔로
겨울 매화가 정월부터 늦은 이월까지
동부 아세아에서 봄을 알리려 피면,
매실이 헬리코박터와 위염을 없앤다.

삼월에 벚꽃이 정교한 미를 터뜨리며.
전투에서 젊을 시절에 죽는 숙명을 지닌
씩씩한 무사처럼 산화하는데,
천지에 흩뿌리는 자태가 눈에 시리다.

민족동화(民族同化)를 반대하는 무궁화가
벚꽃의 격렬한 행태에 놀라면서,
무궁한 색색 가지 꽃송이로 막으면서
독립을 유지하려 활짝 핀다.

난초는 장구한 역사를 자랑하면서.
일억 년이 넘게 향기와 영약(靈藥)을 공급해 왔다.
"우리야말로 이만 팔천 종의 최대 꽃 무리로,
조류(鳥類)의 두 배, 포유류(哺乳類)의 네 배나 된다."

낫처럼 날카로운 가시 장미는 다른 식물에
매달려 자라면서 관상화(觀賞花) 중 최고라 자랑하는데,
장미의 향료와 냄새는 비타민 C로 위암을 다스리고,
장미 전쟁에서 영국의 요크와 랭커스터 집안이 싸웠다.

제우스(Zeus)가 의료의 신 아스클레피오스의
분노로부터 파이온(Paeon)을 구출하자,
모란(牡丹)이 늦은 봄과 초여름에 피면서
아세아에서 부귀의 상징, 꽃 중의 왕이 되었다.

국화는 가을에 피는 아름다운 다년생(多年生) 꽃,
포유류를 보호하는 살충제로 차나 술에 쓰인다.
그리스는 이 꽃을 금꽃으로 아끼고,
극동(極東)에서는 사군자(四君子)의 하나로 친다.

연꽃이 미인 대회에서 다른 꽃들의 주장을 듣고,
기름진 소택(沼澤) 위로 커다란 몸을 펼치며,
다 함께 평화로운 낙토(樂土)를 건설하자고 제안했다.
자비와 희생을 베풀며 살자고 하자, 꽃들이 그러자고 맹세했다.

"우리는 뿌리줄기부터 열매까지 온몸을 식용으로 제공하여,
설사, 열병, 조갈증, 당뇨병을 치료해 줄 수 있다.
널따란 우리의 꽃잎은 욕망과 집착의 수렁에서
영혼이 빠져나올 수 있게 받들어 줄 거다."

힌두교의 신들이 연꽃 위에 좌정하고, 부처님이 태어나서
걸음을 뗄 때마다 발밑에 연꽃이 피었다.
꽃들의 향연에서, 화창하게 핀 꽃들이 합창한다.
지혜를 공유하여 번창하는 세상을 만들자고.

수다

친구들과 수다 떨기 좋다.

스마트폰이나 인터넷으로.

가족과 얘기하는 것이 좋다.

만나서나 디지털 통신으로.

무언가 해보려고 애쓸 때에

무얼 생각하는지 상상하며.

과업을 성취하는 것을 도와

함께 일하는 것이 재밌다.

"하늘은 스스로 돕는 자를 돕는다."

누가 이런 금언을 말했나?

무엇이나 마음대로 해 나가면서

스스로 감사하고 만족한다.

하느님의 말씀을 굳게 믿는다면

반드시 낙원으로 가게 될 것이다.

창작

무언가 쓰고 싶은가?

작곡을 하고 싶은가?

무엇을 창작하고 싶은가?

거장의 걸작에서 배우자.

그런 뒤, 재밌는 얘기를 꾸미고,

겸손하게 작품 하나를 만들자.

습작도 하지 않고 걸작을 쓰겠다고

덤비지 말라. 처녀작을 갈고 닦아라.

친구들이 작품을 논평하도록 보내어라.

보완할 사항을 반영하여 다시 고쳐라.

흡족하게 느낄 때까지 주저 없이

열 번 넘게 거듭거듭 갈고 닦아라.

항상 자기가 수습 과정임을 명심해라.

그래야만 창작을 즐길 수 있게 된다.

좋은 기억력

기억력이 좋은 여인이 아들을 매혹한다.
초등학교 일 학년 때, 남산의 집에서
번화가를 지나 서울 북쪽에 있는 학교에
다닐 적 얘기를 재미있게 해 주면서.

일본 동요를 분명한 발음으로 노래하면서,
집으로 돌아오는 길에 미쓰코시 백화점의
승강기를 타고 즐겁게 논 일이 있었는데,
70년이 지났는데도 가사를 잊지 않았다.

6.25 동란 때에는 한반도 허리의
마을, 온양(溫陽)으로 피난했다.
십 리 떨어진 학교로 친구들과 걸으면서
지금도 외울 수 있는 한국 노래를 불렀다.

더 많은 추억담을 해 달라고 조르는 아들에게
친구들과 함께 한 일들을 기꺼이 말해주는데,
서울 근교에서 60년 전에 각자 150환을
주고 사 먹은 국수와 토마토를 들먹이었다.

50년 전쯤 서울의 최고급 병원에서,
두 아들을 낳을 때 든 비용이 얼마인고 물으니,
그 자리에서 5,760원이 들었다고 대답하여
그녀의 대단한 기억력에 사람들이 놀랐다.

한 아들이 엄마의 뛰어난 기억력을 시험하려고
처음 갖게 된 전화와 자동차 번호를 물었다가,
40년 전에 가족이 쓰려고 구입한 것인데
주저 없이 정확한 번호를 대는 데 경탄했다.

이상하게 들릴지 모르나, 엄마의 기억력은 비상했다.
친척과 친구들의 생일, 입원, 결혼일을 다 외웠다.
이사도 많이 했는데도 그 여러 곳의 주소를
모두 잊지 않고 정확히 기억할 수 있었다.

옛날에 알고 지낸 사람들에 대하여는
그 자녀 하나하나 틀림없이 이름을 댄다.
주인이 시키면 되풀이해 지저귀는 앵무새처럼
엄마의 머리에는 숫자나 이름이 절로 들어온단다.

자주 가는 식당에 대해서도 살아있는 사전이 되었다.
서울에서 맛있는 식당이나 음식을 찾아서,
친구들이 예약하려고 전화번호를 묻는데,
엄마는 멋진 기억력으로 착착 대어 드린다.

감사

스승이여, 멘토르(mentor)여. 고맙기
한이 없습니다. 저에게 도움을 주실 때마다,
용기를 북돋우는 말씀과 행동 모두가,
좋은 결과를 얻어내어 감사드립니다.

스승께서는 사람들에게 좋은 일을 하더라도
저의 힘에 넘친 요구는 하지 않으셨습니다.
시간이 지나면 된다고 참고 기다리면서,
어렵더라도 해내라고 용기를 북돋우어 주십니다.

저를 직접 대하고 칭찬하지는 않으셨는데,
가까운 분에게 저에 대한 칭찬을 하신 것을
전해 듣습니다. 제3자를 통해 듣는 그 말씀에
얼마나 고마움을 느끼게 되는지 상상해 보세요.

스승님께서 뒷받침해 주고 계신다는 것을
확인할 때마다, 덕택에 방황하지 않게 됩니다.

이런 사람을 좋아합니다

수십 리 멀리로부터 날 보러 달려오면서,
항상 웃는 사람을 좋아합니다.
희망 찬 내일의 창공에
먹구름이 묻어오는데도.

행운의 흐름을 타고 꿋꿋이 이뤄내려는
꿈으로 부푼 사람들을 나는 칭찬합니다.
더불어 힘을 합하여 결점과 위협적인
곤란을 이겨내는 끈기가 대단하답니다.

나는 구슬 같은 목소리로 다정한 곡조로
듣기 좋은 노래를 부르는 이를 좋아합니다.
한창때인 젊은 시절을 그리워하며,
모두들 큰소리로 합창을 하니 즐겁습니다.

사랑하는 사람이 자주 내 귀에 대고
속삭이는 소리를 들으면 낭만을 느낍니다.
내가 살아가는 과정에서 겪은 끔찍한
시절에 보인 그분의 정성을 확인하면서.

사랑하는 동반자와 멋진 단어를 골라
읊조리면서 얘기하기를 좋아합니다.
독백(獨白)을 그만하고 유익한 담소(談笑)를
나눌 때마다 기분이 들떠옵니다.

나는 다른 사람을 성심껏 돕는 이를 좋아합니다.
동고동락하려고 항상 애쓰는 이를 좋아합니다.
어려운 일을 맡아도 움츠리지 않고,
즐겁게 봉사하는 기회도 피하지 않고.

주님의 크나크신 사랑에 감동합니다.
주님의 명령을 말없이 따르며,
자비로움, 정의로움, 그리고 사려 깊은
아가페(Agape) 헌신의 길로 가렵니다.

고맙습니다

지금까지 키워주셔서 고맙습니다.
지금 당장 할 수 있는 일이 있어 감사드립니다.
갖고 있는 모든 것에 대해 하느님께 감사드립니다.
주님께서 우리를 재난에서 보호하고 계십니다.

하느님이 도우셔서 우리는 파멸에서 살아남게 됩니다.
"홍익인간(弘益人間)하라"고 단군(檀君)께서 이르셨습니다.
부처님, 공자님, 모든 선현(先賢)들이 가르치셨습니다.
예수 그리스도의 사랑과 구원을 기다리면서.

사계절이 있는 나라에 살고 있어 행복합니다.
봄에 진달래가 끝도 가도 없이 피면서,
여름이 되면 녹음이 온 누리에 퍼지고,
가을 단풍이 지면, 하얀 겨울이 다가옵니다.

지구촌에서 함께 살 수 있는 것이 정말 멋있습니다.
어려움을 당해도 지혜를 나누면서 사니 놀랍습니다.

엄마와 아빠

엄마와 아빠, 어디에 계셔요?
우리 아가가 찾아서 웁니다.
하늘인가요, 땅속인가요?
찾는 소리에 답을 안 하셔요?

얼음이 얼고 삭풍이 부는 겨울날에,
두 번 세 번 일러주셨지요, 잊지 말라고.
마스크하고 목도리와 장갑을 챙기셨지요.
혹독한 감기에 걸리지 말라고 하시면서.

꽃들이 활짝 피는 따뜻한 봄날에,
너무 소식(小食)하지 말라 하셨지요.
자랄 수 있는 만큼 단백질을 취하라 하셨지요.
하루 빨리 제가 클 수 있도록 도우시면서.

뙤약볕이 쬐는 한 여름날에,
몸과 마음의 건강을 지키려고,
저더러 나가 운동하라 하셨지요.
집 안에서 책만 읽는 것은 금하셨지요.

추수에 바쁜 시원한 가을날에,
한꺼번에 너무 먹지 마라 하셨지요.
식욕이 좋아서 뚱보가 될까 보아
따뜻한 손으로 제 복통을 잠재웠지요.

아이고, 엄마 아빠야, 그립기 한이 없습니다.
그처럼 정성껏 돌보셨으니 감사합니다.
두 분께서 베푸신 사랑과 은혜에
보답할 수 있는 길이 없어졌지만.

붉은 카네이션으로 정성을 다합니다.
두 분의 사랑에 대한 감사의 말씀을,
엄마 아빠에게 올리는 사랑의 노래를,
악기를 켜면서 신나게 노래합니다.

나의 팔자

부모님은 관도(關東) 지방, 도쿄(東京)의 메구로(目黑)에서
결혼하셨다. 한국의 서로 다른 지방에서 유학 왔었다.
그래서 나의 팔자는 1934년 8월에 니혼바시(日本橋)에서
시작되었다. 그보다 24년 전에 치욕의 한일 합방이 있었다.

초등학교 2년을 서부의 메구로에서 다녔다.
삼 학년이 되면서 동부의 가메이도(龜戶)로 옮겼고,
3학년 한 해 동안 전철로 통학을 했다.
1943년까지 메구로에서 가메이도로.

도쿄 대공습을 피할 수 있는 팔자를 누가 정했을까?
다행하게도 1943년 12월에 한국으로 피난했다.
1945년 3월 9~10일에 279대의 B-29가 1,665톤의
폭탄을 도쿄 동부에 투하하여 도쿄도민 10만이 죽었다.

중학교로 진학하려고 하는데, 담임선생님이
어머니에게 사범병설 중학교로 보내라 했다.
가장 친한 친구는 서울의 아버지가 권해서
진주중학교로 가게 되어 두 사람의 운명이 갈렸다.

내 친구는 관리가 되어 차관까지 승진했으나,
1983년에 아웅 산(Aung San) 폭탄 사고로
순직하여 서울 국립 묘지에 안장되었다.
나만 살아서 비통한 노래로 추모하며 지낸다.

1950년. 한국전쟁이 터지니 나는 고등학교 1학년.
입대하지 못하여 침략자와 싸울 수가 없었다.
식구들과 고향의 산골 마을에서 피난했다.
소란이 진정되고 평화가 회복되기를 빌면서.

부산에서 대학교 일 학년을 아르바이트하며 마치고
돈도 없이 의지할 곳 없는 서울로 올라왔다.
어느 날 밤, 괄시하는 집의 어린이가 공부 안 하는
것을 내 탓으로 하자, 가정교사를 그만두었다.

새로운 기회가 나를 기다리고 있었다.
거리를 헤매며, 새 하숙을 얻으려고
을지로 입구의 아는 가게에 들렀는데,
하모니 음악실의 주인이 찾아왔다.

내가 그 분의 이층 벽돌집 첫 하숙인이 되어
코스모스처럼 맑고 청초한 학생을 만나는 행운을 얻었다.
환하게 웃으며 맑은 목소리를 지닌 여학생인데, 이때부터
평생 동반자로서 쾌락하고 즐겁게 짝짓는 일이 시작되었다.

1961년까지 묵묵히 5년간 영어를 가르친 하교를,
군사 정권이 들어서자 갑자기 그만두게 되었다.
얼마 후, 다행스럽게도 신흥 기업 금성 전자에
무역, 일본어, 영어, 경제 시험을 치르고 입사했다.

동료들과 함께 사업에 관해 배울 수 있는 행운이 있어,
많은 지도자나 친구들과 즐겁게 같이 일할 수 있었다.
아첨, 상납, 선물 등은 승진하는 데 필요하지 않았다.
일할 기회, 교육받을 기회, 제안할 기회가 많이 있었다.

영업, 구매, 경리, 인사, 감사, 생산, 정보처리 등.
여러 가지 업무를 맡으면서 전자, 화학, 그룹 지원 부문,
전기산업, 정보산업에서 기업문화, 업무처리 방식,
인간관계를 혁신하거나 개선하는 데 40년간 기여했다.

퇴직한 후에 건강 상태가 악화해서, 네 번이나
전신마취 수술을 받아 종합병원이 되었다.
의식을 회복하면서 따뜻하게 돌보아 준 분의
사랑과 친절에 대해 진심으로 감사를 드렸다.

내 행운은 그것으로 끝나지 않았다. 절친한 친구가
안식처로 클래식 500에 입주하라고 권했다. 그런데,
일주일 뒤 우리 집으로 이사한 아들이 심장 마비에 걸려서,
훌륭한 큰 병원이 근처에 있는 바람에 생명을 건질 수 있었다.

인도 철학에서는 인간의 지적, 육체적 행동은
모두 과거의 인연으로 생긴 결과라 했다.
현재의 행동이 미래의 운명을 좌우한단다.
이런 말들이 나의 오래된 의문에 답한다.

재산을 몽땅 날리거나, 새로운 역할을 맡게 되거나,
실직과 건강 훼손 같은 개인 신상의 급변을 겪으면서
닥친 운명을 받아들일 방법을 개발할 수 있었다.
그때 그 자리에서 활용할 지식을 배우는 데 전력을 다하는 것.

첫해에는 새로운 일을 잘 소화해서 일하면서
다음 해에는 개량할 수 있는 방법을 모색한다.
세 번째 해에, 일을 전보다 일찍 해낼 수 있게 되어
다른 더 중요한 일을 맡을 준비를 할 여유가 생긴다.

얼마 후, 내가 이미 해낸 일 외에도 더 많은 일을
할 수 있게 능력이 향상되어, 주변 사람들이
인정하는 것을 실감한다. 새로운 분야에서
그들이 맡은 일을 도와 달라는 요청이 온다.

요즈음에는 아무도 어떤 일이 일어날지 모른다.
핵무기로 제3차 세계대전이 일어날지 모르는 판에,
계속해서 평화를 위해 기도하고 주님 찬송의 시를 쓴다.
하느님을 믿고 온 세상을 위해 홍익인간(弘益人間)하면서.

독서

일본 도쿄에서 초등학교 3학년을 마쳤을 때
"충신 얘기(忠臣藏)" 외에는 읽을 책이 없었다.
47명의 무사들이 주군의 죽음을 복수하려고
일으켰던 역사적인 사건을 다룬 소설이었다.

한국 부산으로 피난 길을 떠난 기차와
배에서 짜증나던 긴 여정에서
읽으려고 그 책만 챙겼는데,
읽는 재미에 취하여 고달픔도 몰랐다.

제2차 세계대전 말에 종이가 귀해서
책을 구하기 힘든 데다가, 살 돈도 없었다.
책방에서는 책 읽을 자리를 제공하지 않았고,
학교에서는 학도 근로 봉사를 강요했었다.

조국이 일본에서 해방되어 광복을 되찾자
초등학교 5학년이 모처럼 배울 기회를 얻었으나,
십대 소년소녀가 애독할 책이 귀하여
지식에 굶주린 책벌레는 책방으로 갔다.

헌책방에는 대체로 일본말 서적이 있어서,
5학년 학생은 방과 후에 줄곧 찾아가서
일본말 고전이나 소설들을 서서 읽었으나,
책방 주인은 모른 척하고 내버려 두었다.

여러 해를 사춘기 소년은 닥치는 대로 읽어 나갔다.
56권으로 된 세계문학전집에서나, 80권으로 된
포켓판 세계대중문학전집에서 골라 읽었다.
일본 문학과 한국 소설 및 시 약간도 읽고.

당시에는 라디오나 텔레비전이 없던 시절,
참가하거나 구경할 게임이나 스포츠가 없던 때,
중학교 일 학년이 영어를 막 배우기 시작할 때,
일본어로 번역된 책만이 지식을 확보할 수단이었다.

음악이나 미술을 과외로 배울 기회가 없어서,
우리는 과외 활동으로 수학반에서 인수분해를
풀며 서로의 재주와 속도를 겨루다가,
방과 후에 헌책방으로 독서하러 치달렸다.

당시의 독서는 보통 다섯 가지 종류가 주였다.
연애, 과학, 공상, 탐정, 역사를 다룬 소설과 논문.
한창 때의 사춘기 소년은 쉴 새 없이 탐독하면서
자연과 인간에 대한 정보와 지식을 습득했다.

“베르테르(Werther)의 슬픔”이라는 연애소설을 읽다가 울었고,
“셜록 홈즈(Sherlock Holmes)”의 탐정소설에 스릴을 느끼고,
신사 괴도, “아르센 뤼팽(Arsène Lupin)”의 모험담에 흥분했다.
“고사기(古事記)”, “천일야화”, “삼국지”의 영광을 흠모했다.

유감스럽게도 고교 일 학년 때에 6.25 동란이 터져서,
학생들 모두가 공부와 독서를 할 수 없게 되었다.
최소 삼 년간 모든 것을 포기하고 폭격과 죽음을
피해 살아남기 위해 온갖 짓을 하게 되었다.

전쟁이 끝나, 유고(Hugo)의 “레 미제라블(Les Misérables)”에서
장 발장(Jean Valjean)의 슬픈 얘기를 읽다가, 프랑스 대혁명의
소용돌이 속에 주인공이 행복한 결말을 맺는 것에 마음을 놓았다.
유고는 사실 기록에 소설의 4분의 1을 할애하여 기술했다.

폴란드인 노벨 문학상 수상자인 시엔키에비치(Sienkiewicz)가
헬레니즘(Hellenism)과 헤브라이즘(Hebraism)의 충돌 속에
베드로(Peter)와 리키아(Lycia), 비니시우스(Vinicius)가 폭군
네로(Nero)를 이겨, 독자를 흥분의 소용돌이로 몰아간다.

야마오카 소하치(山岡莊八)는 “도쿠가와 이에야스(德川家康)”를
써서 전국시대 말에 일본을 통일하고 250년의 평화시대를
연 에도 막부(江戶幕府) 설립자에 대하여 모사했다.
인내심이 많은 이에야스는 뻐꾸기가 울도록 기다려 주었다.

좀 더 지나서 영어, 독일어, 불어 등을 배울 수 있게 되니,
그 덕에 인생 만사를 다룰 독서 범위를 넓힐 수 있게 되었다.
휴대전화나 인공지능을 사용하는 인터넷 같은 도구를 써서
호기심과 욕망을 채우려 해도 이제는 안타깝게 시간이 부족하다.

청춘

하늘처럼 파랗고
바다처럼 푸르다.
청춘은 다채롭다.
인생의 한창때.

행동이 민첩하고,
실패를 안 겁낸다.
청춘이 있으면,
생기가 넘친다.

걱정하지 마라.
일을 벌일 때는,
무엇을 하든 일곱 번
넘어져 다시 일어난다.

이팔청춘이라면
70년은 더 살 수 있지.
오십 대가 되어도
오십 년은 남아 있거든.

하루 열네 시간 열심히 일해라.
가난하고 불쌍한 자를 도우며,
사랑하는 이와 오래 함께 걸어라.
건강하고 즐겁게 지내면서.

시간은 한이 있어 허송(虛送)할 수 없다.
헛되이 보내면 심신에 고통을 느끼게 된다.
그러면 살아 있다는 감이 오지.
그건 인간이 갖는 특권이라서.

얼마 안 있어 몸이 쇠약하면서,
팔다리에 힘이 빠지고 백발이 된다.
정신적으로는 한 번 죽고 다시
태어난 셈 치고 새 인생을 살아보자.

청춘을 몇 번이고 되찾게 되면
무엇인가 하게 되니 바로 축복이다.
가난하여 병들고 있는 사람을 도우려,
재물을 나누고, 인생을 되살리자.

암을 이겨낸 아내와 사는 택시 기사

정기검진을 마치고 돌아오는 길에 택시를 탔는데,
오 년간 아내가 암과 투병하고있다는 기사와
즐겁게 대화를 나누었다. 가는 길을 마음대로
택하라고 허용했더니, 택시 기사가 마음을 열었다.

의사들은 신경이 곤두선 환자들이 몰려오는 바람에
십 분 정도밖에 상담을 하지 못하는 것이 보통이다.
택시 기사의 아내가 폐암을 앓는데 충분한 치료를 받지
못할 것 같아서, 일산에 있는 국립 암 센터로 데리고 갔다.

암 센터 의사는 만나자마자 환자의 다리와 어깨를
마사지하자고 했다. 여러 가지 검사를 거친 뒤에,
스무 쪽 처방설명서를 주는데, 환자가 치료법을
선택할 때 생길 효과와 부작용에 대해 적혀 있었다.

절제 수술이나 방사선 치료와 약물 치료를 하면서
의사들은 환자가 암과 친해져야 한다고 충고했다.
친구를 만나는 것처럼 편안한 마음으로 병원에 오라고 해서
아내가 말을 잘 듣고 행동했더니 건강을 회복할 수 있었다.

암이 다른 부위로 퍼져도, 아내는 사람들이 놀랄 만큼
명랑한 표정으로 활발하게 움직였다. 아내는 암에 걸리기
전에는 식구들의 네 번째 자리밖에 차지하지 못했는데,
지금은 모두가 위해 주어 첫째가 되었다고 행복해한다.

택시기사가 스마트폰에 뜬 아내의 모습을 보이며
우리 가족을 다스리는 여왕 마마라고 자랑했다.
사는 집을 포함하여 재산의 9할을 아내에게 주었더니,
앞뜰에 방울 토마토, 시금치, 멜론, 오이를 심더란다.

아무도 병과 노화를 피하지 못한다. 사랑과 의약품과
심리요법으로 병마를 극복하여, 택시기사와 아내가
식구들의 협력과 암 센터의 도움으로 희망에 찬 부활을
해냈으니, 널리 알려 고난을 극복하는 데 도움을 줍시다.

연말에

1

연말에 생각해 본다.
특별히 신경 써야 할 난제들을.
인간에게 이롭고, 영화롭고,
영원한 평화를 이루려고.

테러와 대량 학살을 미워하지만,
도둑질, 강간, 굶주림을 싫어하지만,
오염된 공기, 토지, 물, 그리고 바이러스
전염병으로 세계는 바야흐로 죽고 있다.

지금이라도 프로메테우스가 다시 도와주면 좋겠다.
인간을 위해 불을 훔쳐온 벌로, 화가 난 제우스가
코카서스 산속의 바위에 쇠사슬로 묶어서 날마다
독수리가 날아와 그의 간을 쪼아먹게 했다.

프로메테우스는 이 세상의 문제점, 분쟁, 질병, 기아를
해결할 수 있게 지혜, 과학, 그리고 약품을 갖다 주었다.

2

속세의 송사와 비난으로 가득 찬 기사들,
시간마다 방송되는 각종 보도에 지친다.
우리나라만이 아니라 세계 각처의 사건들,
이런 기분과 추세는 당장에 바꾸어야 하지.

몇백 년 전의 한국과 세계에서 그랬듯이,
모든 부문에서 욕망과 위선으로 가득하다.
대중에 영합하여 민주주의를 망칠 수는 없다.
난장판에도 의원들만 올바르게 처신한다면.

국민을 대표하고 국민의 이익을 위해 일한다면,
당파마다 자기만 생각지 말고 중의를 모아야지.
허세만 부리는 국회를 아무도 지지하지 않을 것이다.
낭떠러지에 선 국회의원들을 모두가 탄핵할 것이다.

프로메테우스는 사회에 이익이 될 것을 갖고 온다.
옛날 옛적 그리스 신화에서 인류에게 해 주었듯이.

머리 염색

왜 그렇게 오래 화장하는가?
꾸미기보다 자연 그대로가 좋지 않은가?
다른 사람에게 나쁜 인상을 주기 싫어서?
함께 지낼 때 깨끗하고 깔끔해지고 싶어서?

화장을 하면 신선한 인상을 주지.
나이 들었거나 독신 티가 나지 않고.
산뜻한 예의 범절을 지키게 되거든.
관계가 빨리 다정해지기도 하거든.

까만 머리, 갈색 머리, 붉은 머리, 금발이
나이를 먹으면서 하얗게 변하지.
백발은 나이의 상징이지만, 태생부터 나
늙어서 생기니 염색으로 감추려고 하지.

두발을 멋진 색으로 물들여 가꾸면서
가수나 무용수가 일거수일투족을 우아하게
움직여서 관중을 즐겁게 해준다.
검은 머리, 금발, 갈색, 빨강, 은발을 비치면서.

가장 성가신 것이 대머리와 반백의 머리인데,
안료나 가발(假髮)로 이상하게 보는 시선을 피하지.
머리를 염색하는 것이 어렵고 시간이 걸리지만
한 달에 한 번은 건강한 모습으로 보이는 게 좋겠다.

면도를 하고 산뜻하게 이발을 하고
해묵은 주름살을 펼 것 같으면,
사는 것이 더욱더 축복받고 행복하여
예쁘고 건강한 모습으로 살게 될 것이다.

그렇지만, 지나친 화장은 비위에 거슬린다.
일본의 게이샤(藝者, 기생)처럼 도란을 목에서
이마까지 하얗게 쳐 바르면 구역질이 날 거다.
새카만 마스카라로 패션 모델이 유혹하듯이.

신화에 나오는 신들은 남녀 할 것 없이
매끈한 두상이나 백발을 하고 있어 재미있다.
우리도 서로 친해지려고 노력해야 하니까,
즐겁게 웃으면서 염색하여 훤한 얼굴로 만나자.

엔도르핀

아픈 것을 느낄 때 살아 있음을 분명히 알게 된다.
뼈마디가 쑤시고 근육이 쥐가 나고, 골통까지 아프면.
노인의 건강이 나빠져서 고통이 오거나
일할 의욕이 상실되면서 고통을 느낀다.

모르핀과 달리 부작용 없이 진통할 수
있어서, 엔도르핀을 증가시키려고 애쓴다.
엔도르핀은 고통이 계속될 때나나 몸속에
생기는데, 아무리 많아도 해가 없다고 한다.

격렬한 유산소 운동으로 힘차게 달리면서
배를 안고 너털웃음을 터뜨리면,
엔도르핀이 많이 생겨서 아편 같은 약보다
훨씬 안전하게 고통을 없애 준다.

많은 활동을 한 끝에 힘이 빠져 나른하면,
무엇으로나 치유하는 방법을 찾아야 한다.
혼자 외롭게 들앉아 있지 말고, 휴대전화로
벗들과 다정하게 대화하면 큰 도움이 될 것이다.

정신요법으로 매일 70쪽의 글을 읽고
매주 10쪽의 글을 써서 지혜를 나누면,
머리와 핏속에 엔도르핀이 많이 생겨
기운도 의욕도 홍수 같이 쏟아질 것이다.

가장 좋은 엔도르핀으로 즐겁고 재미있게 살아 보자.
우리가 믿고 모시는 조물주에게 감사기도를 하면서.

게임

어릴 때부터 게임을 좋아해서 흙바닥에서
구슬 따먹기를 하고, 골목에서 줄넘기를 했다.
구슬은 친구들이 땄으나 줄넘기는 내가 이겼다.
한 번도 걸리지 않고 천 번을 뛸 수 있었기 때문에.

십대에는 전쟁으로 게임을 즐길 수 없었다.
폭격과 총격을 피해 도망치면서 선생님의
수업을 야외에서 들은 적이 많았다. 살아
남기 위해서 우리 모두가 경황이 없었다.

20대가 되면서 수업이 끝나면 당구를 쳤다.
30대에는 친구들이 포커를 가르쳐 주었다.
40대에는 조심 조심하면서 마장을 즐겼다.
친구들을 이길 때마다 엄청 기분이 좋았다.

게임을 하면 거는 돈이나 상품이 많은데,
그걸 현금 대신 바둑돌로 바꿨다.
도박이 인간관계를 해침을 알면서,
어찌 친구를 괴롭히며 돈을 빼앗는가?

한번은 내가 포커에서 판 돈을 다 쓸었다.
서울 수유리에 있는 친구 집, 폭풍 불던 밤에.
그 판에서 딴 돈을 다 돌려주면서 다시는 포커를
안 하겠다고 했다. 내가 잃을 날이 있을 것을 알기에.

2003년에는 마장도 안 하기로 했다. 그때까지는
이긴 사람이 딴 돈으로 저녁을 사기로 되어 있었다.
국수집인 "키소야"의 마담이 듣기 좋은 소리로,
밝게 웃으며 내가 만날 산다고 칭찬했었다.

온라인 게임은 얘기를 나눌 상대가 없어서
하지 않는다. 내가 하던 실내 경기는 모두
즐거운 대화가 있었다. 함께 일할 친구들과
정보 교환을 하면서 서로 게임을 즐겼다.

요즈음은 마흔여덟 장의 화투를 자주 친다.
"고 스톱"인데 돈 대신 바둑돌을 걸고 친다.
"청실홍실"이라는 새로 개발된 국산 화투로
그 이름에 맞게 좋은 친구들과 논다.

카지노에서도, 바카라(Baccarat)는 하지 않았다.
모나코에서 교수들과 함께 슬롯머신을 돌렸다.
대박을 터뜨려서 코인이 쏟아지기에 나누어
쓰고 남은 것을 달러로 바꾸어 예금해 두었다.

라스베가스에서도, 슬롯머신으로 재미를 봤다.
내가 딴 돈을 매점에서 쓰도록 친구에게 주었다.
남은 돈을 비행장에 있는 슬롯머신에서 써버렸다.
호화판으로 논 것에 대해 감사했다는 표시로.

집중력과 통찰력으로 게임을 이길 수 있지만
여러 번 이기다가 잠시 딴 생각에 빠지면,
낭떠러지에 빠져서 불행을 당하게 된다.
게임으로 비참한 처지가 되지 않게 조심해야 한다.

머리를 맑게 하고 정신이 들게 하는 데에는
게임을 한 시간쯤 하는 것은 큰 도움이 된다.
게임에 몰입하는 것이나 주사위에 돈을 걸지 않으면,
행복의 그리스 신, 코모디아와 잘 지내게 될 것이다.

보석

바구니에 삼백 개의 마늘 쪽이 들어있는데,
구부러진 모양이 상아처럼 하얗게 빛난다.
여자들이 쪽을 못쓸 만큼 좋아하는 보석 같아,
엄마가 약에 쓰려고 마늘 쪽의 껍질을 깐다.

톡 쏘는 냄새와 맛을 누그러뜨리려고,
마늘 쪽을 식초나 벌꿀 항아리에 넣는다.
큰 효험이 있을 강장제를 만들려고,
큰 공들이지 않고 몇 달 동안 담가 둔다.

마늘 세 쪽을 매일 드니 혈압이
120에서 80의 정상권에 들게 됐다.
여러 달을 고혈압으로 지낸 뒤라,
반가워 그 효험을 모두에게 알렸다.

이런 좋은 효과를 낸 것은 마늘 때문.
유럽인은 마늘로 흡혈귀(吸血鬼)를 쫓았다.
고조선(古朝鮮) 창업 신화에서는
곰이 마늘을 먹고 여자로 둔갑했다.

마늘은 독감과 보통 감기 증세를 진정시키고,

치매와 알츠하이머병에도 도움을 준다.

콜레스테롤 전부와 LDL 콜레스테롤도 줄인다.

만성병을 진정시키는 치료 효과가 있으면서.

휴식

오랜 세월을 몸살 나도록 일한 뒤,
휴식은 정신적으로나 육체적으로나
심신을 회복시킨다. 우리들이 살고
있는 세상의 고달픔을 잊게 하면서.

옛날부터, 사람들은 자기 식구를
잘 먹이려고 재물을 재주껏 번다.
논밭이 잘 되도록 날씨가 못 지키면
사람들이 과로로 쓰러지게 된다.

휴식을 취하려면, 깊이 자는 것이 좋은데,
쉽게 잠이 들지 않는 경우가 많다.
하나에서 백이 되도록 세어보는 것도 좋은데,
위험을 무릅쓰고 수면제를 드는 사람이 있다.

과로뿐만 아니라 놀라거나 스트레스로
심장이 지나치게 뛰어서 불면증을 겪는다.
웨일(Andrew Weil) 박사는 잠을 쉽게 자도록
심박수를 조절하는 숨쉬기 운동을 권한다.

세 가지 호흡 운동 중 4-7-8(숨 편히 쉬기)가
따라하기 쉽고, 특별한 도구가 필요치 않고
위험을 피할 수 있어서 대단히 효과가 있다
하면서, 하루에 두 번 정도 실천해보라 한다.

그리스 신화의 삼미여신(三美女神), 그레이시스(Graces)의
하나인 파시테아(Pasithea)가 긴장을 풀어주는 재주가 있어서,
사람들을 쉬게 만들어 준다. 그러면, 남편인 히프노스가
웃으면서 피로를 풀고 자라고 아편 마취제를 주고 간다.

휴식하면 생기와 스태미나가 생기지만,
너무 많이 자면 잠에 취하게 된다.
저승에 가면 영원히 쉴 수 있는데,
더는 죄를 짓지 않고 살게 되는데.

이 세상이 끝날 때에 부활(復活)이 있으면서
모든 사람을 각자의 업적에 따라 심판한다.
착한 일을 한 자는 저승에서 구원을 받으나,
악인은 구제받지 못하고 지옥으로 빠진다.

로봇 다루기

날이 갈수록 악질 로봇이 인간을
해칠까 보아 걱정을 하는 사람이 는다.
2016년 다보스(Davos) 세계 경제 포럼에서
선각자들이 제4차 산업혁명이라면서 경고했다.

2016년 3월에 컴퓨터 시스템인 알파고(AlphaGo)가
열여덟 번이나 우승한 한국의 바둑 천재 이세돌에게
한 판밖에 지지 않았다. 2017년 12월에는 알파제로(Alpha Zero)가
최고의 국수가 되면서 알파고마저 제압하고 말았다.

테슬라(Tesla) 제품 개발 기술자인 머스크(Elon Musk)나
영국 물리학자 호킹(Stephen Hawking)이 로봇이
소란을 피워 인간을 파멸하게 될 것이라고 예언해서,
일반 대중이 겁에 질려 어찌 할 바를 모르게 되었다.

삼성 반도체 공장의 청정실에는 사람이 보이지 않고,
기술자들은 조종실에서 생산 현장을 열심히 감독한다.
아디다스(Adidas)의 독일 생산현장이나 미국 애틀랜타
주문형 신발 제조현장에도 직원이 보이지 않는다.

인공지능 비서가 아침마다 주인을 깨워서, 겨울인 데도
스마트 농장에서 가꾼 신선한 야채로 아침 밥상을 차린다.
직장에 나가려면, 운전기사 없는 자율주행차에 합승하고,
병이 들면, 의사들이 로봇과 3차원 인쇄기로 치료한다.

현인들이 주장하듯이 로봇이 인류를 끝장내고 말 것인가?
인공지능이 우리의 생존위기를 초래할 것인가?
해로운 로봇을 개발하지 못하게 할 법을 만들 수는 없는가?
로봇이 우리의 직업을 뺏어 가고 사람의 목숨까지 없앨 것인가?

자동화 시대에 맞게 사람들을 재훈련할 자금을 만들려면,
정부나 산업계가 지혜를 모아야 한다. 인간이 창의력을
발휘하여 제도를 마련하고, 장사를 하면서 정보 교환을
통해 로봇과 공존할 수 있는 길을 찾아야 한다.

제4차 산업혁명에 필요한 파괴적 혁신

19세기에 대영제국이 세계를 이끌다가,
20세기에 미국이 담당하고, 21세기에는
아세아로 넘어오게 되었다. 경제개발기구(OECD)
각국이 유라시아(Eurasia) 경제구역을 지배하려고 덤빈다.

경쟁에서 이기려면, 제4차 산업혁명시대에
파괴적 혁신을 성취해야 한다. 그러려면,
무엇보다도 우리의 사고방식을 바꾸어야 하고,
급격한 변화에 맞추어 대중의 행동을 개혁해야 한다.

모험을 무릅쓰는 감투정신으로 창조적 사고를 촉진하며,
세계시장, 특히 유라시아 대륙의 나라들에게 1조원이
넘는 상품이나 서비스를 판매할 신생기업, 유니콘(一角獸)을
육성할 환경을 조속히 만들어 나가야 할 것이다.

2017년에 가트너 그룹(Gartner Group)이 말했듯이,
젊은이들은 혁신을 일으키게 하는 신기술을 찾아내어,
"부풀어진 기대의 정상"과 "환멸의 골"을 거쳐
"생산성의 고지"에 도달할 방법을 배워야 한다.

대학과 연구소는 4차원 인쇄, 플랫폼 중심 서비스(PaaS), 스마트 로봇, 사물인터넷(IoT) 플랫폼, 딥 러닝과 머신 러닝, 자율형 차량, 가상현실(VR), 유전자공학, 환상적농사(smart farming) 등에서 젊은이들이 새 사업을 개발하도록 지도하는 데 힘써야 한다.

대혼란을 극복하고 공무원을 선호하는 생각을 고치려면,
20개의 생태계를 조성하여 20조 원의 자금을 투입하고,
백만 개의 청년 일자리를 마련할 2만 개의 일조 원
매출 규모의 강소기업, 유니콘을 육성해야 한다.

2030년까지 빈틈없이 그렇게 투자한 나라는
전대미문의 영광과 번영을 누리게 될 것이다.
범국가적으로 힘을 합해 하느님이 만드신
지구와 우주에 사는 인류에 공헌하면서.

성숙한 나이가 될 때

한국은 전쟁과 압박, 착취와
강제노동, 그리고 함부로 다룬
위안부로부터 해방된 지
72년이라 성숙한 나이가 되었다.

고도 성장 시대에,
산업계에서는 열심이 일했다.
일용 잡화를 생산하고
많은 제품을 수출하면서.

60년대에는 라디오 수출에 힘썼다.
70년대에는 합성 수지를 생산했고
80년대에는 자동화 조종기를 개발했다.
90년대에는 시스템통합과 관리를 시작했다.

그동안 모두가 죽자하고 일했다.
세계 제일이 되겠다는 비전을 품고.
부단히 노력하는 사람들에게 칭찬이 잦았다.
이 사회에 공헌한 모범 사례라고.

참신한 가치를 정성을 다해 창출하면서,
보람 있는 일자리를 마련하려고,
아무도 뒤따를 수 없는 최고 기술 산업의
시스템, 반도체, 센서, 구동기를 개발해왔다.

성장 산업에 필요한 기술자를 기르기 위해,
창업 기업인들이 아끼던 재산을 많이
투입하여 산학 협동으로 디지털 기술이나
축산과 원예를 위한 대학을 설립했다.

중소 기업과 함께 일하면서
텔레비전, 가전 기기, 반도체 등에서
세계 최고의 시장 점유율을 자랑하게 되어
함께 일하면서 보람을 느낄 수 있었다.

21세기가 되자, 한국 경제성장이 둔화하여
젊은이들이 고생하게 일자리가 줄어들고,
제4차 산업혁명으로 로봇과 인공지능이
일감을 바꾼다는 것을 사람들이 알게 되었다.

디지털 폭풍에서는 소프트웨어가 중심이 되는데,
2014년에 IDC가 든 100대 소프트웨어 업체에 한국 회사는
하나도 없다. 이스라엘과 중국이 하나씩, 미국 73개,
독일과 영국 5개씩, 일본이 4개다.

우리도 일자리를 창출하는 산업을 키워야 한다.
인공지능(머신 러닝 같은), 사물 인터넷,
생명공학, 스마트 농업 등에서 새로운 것을
만들며, 살아남을 기회를 잡아야 한다.

나이가 들 만큼 든 한국이 다시 기운을 차리고
이 세상을 이끌 선두 주자가 되어야 한다.
지구상의 디지털 폭풍을 견뎌내고 세계와
연대하여 인류에게 이익을 가져다주어야 한다.

인간 제일

당신은 자기 자신을 제일 사랑하는가?
당신은 당신의 가족을 제일 사랑하는가?
당신은 당신이 태어난 곳을 사랑하는가?
이런 질문에 답하지 못할 사람이 있을까?

상호 협력의 시대에,
세계화를 추진하는 시대에,
끝까지 살아남기를 바라면서,
우리는 잘 살려고 함께 일한다.

기술 발전추세가 변하면서,
기계가 인간의 절친한 친구가 된다.
인공지능, 로봇, 클라우드, 사물 인터넷의 도움으로
사회는 속도를 내고 군살이 없어져 홍청거린다.

기다란 손잡이가 있는 숟가락으로도 지옥에서는
음식을 입에 퍼 넣지 못해 굶어 죽는다.
그렇지만, 천국에서는 진수 성찬을 맛본다.
서로 식탁에서 마주보고 떠먹이면서.

중요한 것은 인간 제일로 서로 돕는 일이다.

한국 제일, 중국 제일, 미국 제일 하지 말고.

동기화(同期化, Synchronization)

많은 친구들이 동시에 생각하고 행동해주어
행복하다. 수만 리 밖에서 친구들이 편지를
보내는데, 내가 쓴 시와 역사소설 “환단의 후예”를
읽고 감회를 알려오니, 그보다 좋은 일이 없다.

우리 식구들이 나와 같이 행동해주면 기쁘다.
주말마다 아들과 며느리와 맛있는 음식을 들면서
그 동안 얻은 지식과 중요 사건에 대한 의견을 말하며,
사건을 풀 열쇠를 찾아 가진 지혜를 다 동원하니 좋다.

빌 게이츠 회장이 기자와 인터뷰하면서 말한 내용을
듣고 놀랐다. “수많은 영특한 사람들이 같은 시기에
내가 생각하고 있는 제품을 개발하려고 진지하게
검토하고 있으니, 빨리 행동하지 않으면 뒤진다.”

동기화된 엘리베이터는 사람들을 빨리 태워준다.
싱크로나이즈 발레에서 음악에 맞추어 물속에서
공들인 동작을 되풀이하고, 자유형 수중 발레에서도
좋은 기량을 펼치면, 수중발레 선수들은 스타가 된다.

신제품 개발의 동기화로 파괴적 혁신(破壞的革新)에서도
빠르게 성장하는 벤처 기업을 만들어 낸다.
건설작업의 동기화로 멋있는 초대형 프로젝트의
준공일을 단축시킬 수 있게 되는 것도 마찬가지다.

오, 신이시여, 이 지구를 평화로운 별로 재창조 하소서.
함께 행동하기를 꺼리는 세계지도자들을 동기화 하소서.

아! 위대한 지도자가 돌아가셨다

상남 구자경 회장은 제가 모신 분들 중 최고의 지도자다.
2019년 12월 14일, 이승에서 헤매는 저희들을 두고 가셨다.
최고의 지도자를 잃게 되어 저희들이 슬피 운다. 상남처럼
비전과 지도력, 열정이 있으며 바르게 일하신 분은 없다.

시골 태생의 상남은 한때 초등학교 교사를 하시면서
어린이들에게 표준어를 쓰고 과학을 공부하라 일렀다.
공사를 분명히 하여 가족이 함부로 사무실에 오지 못하게 하고,
임직원의 상납을 금하여 그룹의 청렴한 사풍을 확립하셨다.

1949년에 아버지를 도와 락희 화학에 입사하여
네 평도 안 되는 작은 공장에서 생산을 도우셨다.
생사를 다투는 6.25동란의 모진 세월을 휴식도 잊고
경쟁에서 이길 방책을 마련하려 사람들의 말을 경청하셨다.

상남을 락희 화학에서 제가 처음 뵌 것은 1966년 봄이었다.
그때 사업계획서를 기일 내에 만들지 못했는데도
나무라지 않고 조용한 말로 위로하셨다.
"처음하는 일이라 수고가 많았어요." 감읍했다.

상남은 가난한 자와 몸이 불편한 자를 다정하게 돌보셨다.
등이 굽은 절 보고 "저 허리를 다리미로 펼 수 없나?" 하셨다.
척추교정 수술로 입원한 저를 문병 오셔서, 힘센 두 팔로
제 몸을 번쩍 들면서 빨리 낳아 골프 멋지게 쳐라 하셨다.

2009년 9월, 상남께서 아산병원의 병실로 불러, 선친 전기를
써 달라 하시기에, 일단 사양했다가, 창업회장과 상남과
엘지 그룹의 모진 세월에 대해 2년이 넘게 쓰게 되어, 마침내
상남의 미수연에서 "비전을 이루려면" 상하권을 봉정했다.

1969년 창업회장께서 돌아가시고 회사들이 자금난을 겪을 때,
상남은 반대하는 사람들을 설득해서 주식공개를 추진하셨다.
모태인 락희 화학을 시작으로 금성사와 그룹의 자매회들의
주식 공개와 상장을 합작선을 설득하면서 추진하셨다.

경영과 기술을 배우려고, 일본의 히타치, 후지전기, NEC,
알프스, 독일의 지멘스, 미국의 칼텍스, ATT, EDS 등과
5 대 5 지분의 합작회사를 만드셨습니다. 서로 신뢰하고
성실하게 투명성을 확보하면서 일해 나가셨다.

80년대 후반에 세계화로 시장 교란이 닥쳐오는데,
외침에 대비해서 국내시장을 확보하고 세계시장을 개척하려고
전자 전기 산업 20개 회사에 대한 혁신 활동을 시작하셨다.
모든 사람들이 합심해서 열성적으로 개혁해 나가자 하시면서.

상남께서는 럭키-금성이라는 그룹 칭호를 "엘지(LG)"로
바꾸셨다. 또한 "세계 제일의 엘지"를 달성하자 하셨다.
새 경영이념인 "고객을 위한 가치창조" "인간존중의 경영"을
그룹 임직원에게 실천하자고 열심히 전도하며 부탁하셨다.

몸이 불편하신 데도, 세계 방방곡곡을 자주 다니셨는데,
70여 연구소와 전 세계의 수많은 공장을 방문하셨다.
주요 시장에서의 거점확보를 위해 각 사를 지원하셨다.
중점 시장 개발 목표는 미주, 중국, 동남아, 동 구권이었다.

상남은 그룹 임원들을 데리고 자율 경영과 품질관리를 배우러
선진 기업인 Caltex, GE, Motorola, EDS, NEC, Hitachi 등을
찾아가셨다. 임직원들이 임무를 책임지고 해낼 수 있도록
권한을 주고 경쟁에 이길 수 있는 법을 배우라고 하시면서.

상남의 26년간의 지칠 줄 모르는 노력으로
엘지 그룹의 8개사, 260억 원의 매출이
상남이 사임한 1996년에는 50개사, 49조 원을
초과하는 1,900배의 대기업군으로 성장했다.

또한 상남은 엘지의 공익재단을 거느린 자선사업가이셨다.
1969년 "문화재단", 1973년"연암학원", 1991년 "연암복지재단",
1995년 "상남언론재단" 그리고 고 화담 회장이 1997년에
추가한 "상록재단"이 활발한 복지와 자선 활동을 벌이셨다.

전국경제인연합회 회장을 맡아 88올림픽의 성공과
자유민주경제 촉진을 위해 경제연구소를 설립하시고
경제인의 위상 확립과 기술대국을 이루어 내기 위해
일본 게이단렌(経団連), 한미재계회의 등과 국제협력하셨다.

1995년에 상남께서는 장남인 화담에게 회장직을 물려주셨다.
아직 강건하고 활동적인 것이 태양처럼 정력이 넘치실 때였다.
70세에 그룹 문화를 다시 혁신하려고 은퇴를 자원하셨다.
젊은이에게 미래를 맡기려 원로들을 함께 그만두자고 하셨다.

은퇴하신 뒤로는 상남은 그룹의 경영에 간섭하지 않으셨다.
버섯, 난초와 장미나 된장 개발로 농부들을 도우셨다.
많은 업적을 남기시고 상남께서 우리 곁을 떠나 승천하셨다.
이젠 편히 쉬소서. 혁신의 전도사로 가르친 성과를 살피시며.

2010년 7월 상남을 모신 필자

해는 내일도 다시 뜬다

칠흑(漆黑)같이 깜깜한 어둠 속에서
겹겹으로 쌓인 구름을 헤치지 못하고,
햇빛은 백구(白鷗)가 끼룩끼룩 울며 창공을
나는 것을 예리한 눈으로 지켜본다.

모두가 애타게 찾는 평화가
고요하면서도 백화(百花)와 백수(百獸)가
번창하는 땅에 이른다. 끔찍한 전쟁을
그만두고 사람들이 사이좋게 살도록.

시간이 모든 것을 해결하는 영약(靈藥)이다.
반대파를 포용하고 훼방하는 골칫덩어리를
없애기 위해, 꾸준히 참을성 있게
시간이라는 영약을 들도록 처방해 나간다면.

해는 내일도 틀림없이 뜬다.
하느님께서 규칙을 정하셨다.

거대하고 새빨간 눈부시는 대접이
상쾌한 창공에 높이 솟았다.

푸른 물결 위로 돌고래가 몸을 날린다.
노래하던 새들이 놀라 날게 하면서.

한 겨울의 눈보라, 살을 여미고
북녘 산 허리로 휘몰아치는데,
원수도 포용하며 님들이 기다린다.
봄이 오려 해도 까마득한 시점에.

토끼와 사슴 가족, 기어나온다.
겨울에 눈을 피해 숨었던 굴에서.
오색 가지 무궁화 활짝 피는 곳에,
분홍빛 벚꽃이 함께 고개 숙인다.

해는 내일도 틀림없이 뜬다.
하느님께서 그렇게 정하셨다.

해는 내일도 다시 뜬다

초판 1쇄 발행일 2021년 1월 15일

지은이 김영태
펴낸이 박영희
편　집 박은지
디자인 최소영, 서채영
인쇄·제본 제삼인쇄
펴낸곳 도서출판 어문학사
서울특별시 도봉구 쌍문동 523-21 나너울 카운티 1층
대표전화: 02-998-0094/편집부1: 02-998-2267, 편집부2: 02-998-2269
홈페이지: www.amhbook.com
트위터: @with_amhbook
블로그: 네이버 http://blog.naver.com/amhbook
다음 http://blog.daum.net/amhbook
e-mail: am@amhbook.com
등록: 2004년 4월 6일 제7-276호

ISBN 978-89-6184-991-3 (03810)
정가 13,000원

이 도서의 국립중앙도서관 출판예정도서목록(CIP)은 서지정보유통지원시스템 홈페이지(http://seoji.nl.go.kr)와 국가자료종합목록 구축시스템(http://kolis-net.nl.go.kr)에서 이용하실 수 있습니다.
(CIP제어번호 : CIP2020053574)